文学慧悟十八点

刘再复 著
乔敏 整理

商务印书馆
创于1897 The Commercial Press
2018年·北京

图书在版编目(CIP)数据

文学慧悟十八点/刘再复著.—北京:商务印书馆,2018

ISBN 978-7-100-16231-9

Ⅰ.①文… Ⅱ.①刘… Ⅲ.①中国文学—文学研究—文集 Ⅳ.①I206-53

中国版本图书馆 CIP 数据核字(2018)第 124943 号

文学慧悟十八点

刘再复 著

商 务 印 书 馆 出 版

(北京王府井大街 36 号 邮政编码 100710)

商 务 印 书 馆 发 行

北京新华印刷有限公司印刷

ISBN 978-7-100-16231-9

2018 年 9 月第 1 版　　开本 787×1092 1/32

2018 年 9 月北京第 1 次印刷　　印张 7⅜

定价:38.00 元

简体中文版序

二〇一二春天，剑梅从马里兰大学移师香港科技大学人文学院，家庭生活的重心也从西方移向东方。这一变动，导致我于该年秋天也到香港探亲，并充当科大人文学院（院长是李政道之子李中清，知名社会学家）和高等研究院（院长戴自海）的客座教授。按照学院规定，我必须开设一门课程，于是，二〇一三和二〇一四年，我便开设了“文学常识二十二讲”，讲稿由《明报月刊》连载，由香港三联率先出版。二〇一六年我则开设一门新的课程，就是“文学慧悟十八点”。

“慧悟”一词，钱锺书先生嘱我“可以多用”，他的意思是多用自己的智慧去感悟天地万物包括文学艺术。文学无须太多“判断”，尤其是政治判断与道德判断，倒是需要用主体去感受、去慧悟，去审美认知。换言之，文学不可设立政治法庭与道德法庭，但可以拥有审美法庭。我的课程以“点”为关键词。“点”的意思，一为“要点”；二为“点击”。两个意思都要求自己讲解文学时要明心见性，击中要害。切忌讲述得烦琐、卖弄和概念堆积。无论是中国还是西方，都出版了许多“文学概论”之类的教科书。可是，这些教科书的缺点一般都是理论的姿态太多而对文学的真见解太少。它不适合于理工科爱好文学的学子，尤其不适合于香港的理工科学子。可以说，我课堂的“简明”风格，正是香港理工科学生逼出来的。

因为要“简明”，所以我对“十八”点的每一个基本问题都要作一个非常明断、非常清晰、非常准确的回答。例如，什么是文学的起点？我回答只是一个字：“感”字。即文学发端于“有感而发”。当然，还要讲解高级感觉与低级感觉之分，快感与美感之分，明晰感觉与模糊感觉之分。还有，什么是文学的优点？回答是文学最自由最长久。那么，文学的弱点是什么？一句话：文学最无用。但又要说清文学的“无用之用”和“无目的的合目的性”。那么，什么是“文学的难点”，回答是“创造形式”。所谓天才，乃是把心灵感受转化为审美形式的巨大才能。还有，什么是文学的戒点？我在《文学常识》里已提出力戒“腔调”，力戒“落套”等。此次在《文学慧悟》里又提出力戒“平庸”，力戒“矫情”，力戒“迎合”，力戒“媚俗”等。这其实不是理论，而是立足于我自身写作实践的“经验之谈”。这一课程，完全得益于八十年代我充当堂吉诃德与“苏式教条”大风车搏斗而形成的文学观和之后在海外“象牙之塔”中对文学的领悟。在美国二十七八年，我离开中国很远，离美国也很远，唯独对于文学，倒是日益靠近。在海外的象牙塔中，我万念归淡，唯有对文学始终不离不弃，思考自然也不断不懈。这些思考的心得，不带情绪，不带偏见，既无历史的针对性，也无八十年代那种“拨乱反正”的动机。因为无动机，无目的，反而容易捕捉文学的“真谛”。我确信，未来考察我的文学观，一定会发现，最后我在香港讲述的《文学常识》与《文学慧悟》，倒是文学的真声音。

《文学慧悟十八点》在科大人文学院只讲了一半就放假了。讲过的这一半由剑梅的硕士研究生乔敏整理成文，她很认真也很辛苦，我要在此郑重地感谢她。未讲述的一半我返回美国后则按照已准备好的提纲独自书写成文。现在《十八点》已成书籍，我把繁体版交给香港三联（总编侯明，责任编辑张艳玲），把简体字版交给李昕兄。李昕原是北京三联总编，我的写作生涯和他的编辑生涯本就紧密相连，这一回，交给他，自然又会增添新的一篇“好的故事”（鲁迅语）。

刘再复

二〇一七年四月二十四日

美国科罗拉多

目录

第一讲　课程导言：寻求文学要点的讲述

前两年我在科大讲过“文学常识”，共二十二讲。这一次我讲述另外一个题目：“文学慧悟十八点”。“慧悟”这个词，钱锺书先生很喜欢，他告诉我这两个字可以多用。慧悟，就是要用智慧去感悟万物万有，包括社会人生与文学艺术。我准备讲述的是文学的起点、特点、难点、基点、优点、弱点、戒点、亮点、拐点、盲点、终点、制高点、焦虑点、死亡点、审视点、回归点、交合点等，讲述的方式也是慧悟，用这些文学的“要点”作题目，既可明心见性，又可区别流行的教科书。我的讲述包含许多自己的经验和体悟，算不上研究。正如我对《红楼梦》的阅读，不称作“研究”，即不把《红楼梦》作为研究对象，只作为感悟对象，所以我写的书叫作《红楼梦悟》。最近我又对《西游记》进行感悟，已经写了两百多段悟语。

写作没有快捷方式，只能靠不断修炼。每天读、每天写，自然就会进步。我的课程，只能是帮助大家理解文学，明白文学究竟是怎么一回事。有的人搞了一辈子文学，最后还是不知道何为文学。对文学有了一定的理解，写起文章自然就不同。

在第一节课里，先讲我们的课堂关系。我与大家的关系不一定叫作“师生关系”。我爱读《金刚经》，里面说不要有“寿者相”，那我也不要有“教师相”，只想少些教化腔，多些大实话。之前在《文学常识二十二讲》的开头，我借《红楼梦》中的一个词来界定我与同学们的关系，就是“神瑛侍者”，贾宝玉前世的名字。“神瑛”就是“神花”，“侍者”就是“服务员”，我是你们的服务员。其实，好的老师、好的校长、好的编辑，都是“神瑛侍者”；蔡元培先生，就是伟大的“神瑛侍者”。这一次新的课程，我还想用新的词来界定我们的关系。《西游记》里，唐僧、孙悟空一行到西天取经，最后师徒四人有两人被“封佛”。孙悟空被封为“斗战胜佛”，可是他不在乎，只希望能摘掉“紧箍咒”，重获自由。其实不必把“佛”看得太沉重，孔子讲的“圣人”、庄子讲的“至人”，也是佛。我此次借“斗战胜佛”这个词并改动一个字，希望大家能成为“写战胜佛”。“写而不斗”，不斗而胜，战胜时代的偏见、时代的障碍、时代的病态、时代的潮流，然后成为善于笔下生花的小菩萨。写作，要克服许多的困难，希望大家最后，无论学文科还是学理工科，都能成为“写战胜佛”——这是希望，也是祝福！

你们已经自我介绍，那我也自我介绍一下。关于我自己，想讲三点。

第一点，我的“生命四季”，春夏秋冬。

我的“生命春季”始于小学时期，到高中毕业时基本上就结束了，这个时期，是年少单纯的绿色，除了疯狂读书，什么也不顾。我在福建国光中学读高中时，那里有全省最大的一座中学图书馆，我沉浸于其中。当时爱读书爱到管理图书馆的老师都感动了，他把图书馆的钥匙交给我，让我随时都可以借阅。莎士比亚的三十几部剧本，我读得很快，最怕的是把它们读完——这么精彩的作品，读完了怎么办？少年时记忆好，那时看的莎士比亚的四大悲剧，到现在还是我生命的一个部分，其中的人物情节还时时在我灵魂里燃烧。高一年级时我读的是泰戈尔、冰心，很单纯；二年级时读莎士比亚、托尔斯泰，开始关注生命的冲突和矛盾；三年级时读陀思妥耶夫斯基，就进入灵魂更深处。鲁迅的小说、高尔基的“三部曲”，读得更熟。我讲这些是希望大家珍惜所处的生命春季。我在美国跟李泽厚先生散步，他说要给“珍惜”加上一个定语，叫作“时间性珍惜”，意思是说时间很快就会过去，一旦消失就不会再出现。就像我们现在上课，过去了就永远不会再有。我喜欢“瞬间”和“永恒”这对哲学概念，“永恒”就在“瞬间”当中。人生是很辛苦的，今天上课，很多同学要从很远的地方赶来，很辛苦，更不用说人的一生了；加缪说最大的哲学问题是“人为什么不自杀”，我们为什么感到值得活下去？就因为眷恋一些“美好的瞬间”。比如我今天跟大家相逢，就是一个“美好的瞬间”。日本人很重视“永恒”和“瞬间”的哲学命题。樱花哲学，便是“永恒”就在“灿烂的瞬间”当中。武士道精神，三岛由纪夫写的作品，都是在讲“永恒”与“瞬间”。所以，希望大家珍惜生命的春季，每天都尽可能生长，每天都尽可能读书、写作，有所前进。

到了大学，就进入了“春夏之交”，我的心灵开始出现了分裂，那是文学与政治的分裂。开始是小分裂，后来是中分裂，到了“文化大革命”，则是大分裂——外面是两个“司令部”，我心里面也是两个“司令部”。社会太政治化，两条路线，我不知道怎么办，幸而有文学的积淀。文学救了我。有文学中的人性垫底，我就排除了许多的“政治病毒”。文学让我守住“不可伤害他人”的道德底线。因为有文学的积淀，我终于战胜了政治的狂热，没有堕落。在我心灵分裂、心灵“破碎”的时候，又是文学，让我的心灵重新恢复了完整。

出国以后，我进入“生命的秋季”。“秋季”最重要的事，是由“热”转“冷”，开始冷静了。我最好的朋友是“冷文学”的一个代表。他对我说，到了海外，我们两只眼睛要分开使用，一只眼睛要“看天下”，一只眼睛要“观自我”、“观自在”。他的“观自我”取得了很高的成就，他写“逃亡”，发现人最难冲破的地狱是“自我的地狱”；他的文字许多是对自我的冷观。在世界文学史上，他创造了一个崭新的“人与自我”的维度。我和林岗在牛津大学出版社出版的《罪与文学》，也是在观自我。我们认为过去所出现的错误时代，自己也参与创造了，我也有一份责任。我写《红楼四书》《双典批判》，很冷静，我在美国创造了一座“象牙之塔”。鲁迅说要走出“象牙之塔”，要拥抱社会，参加战斗，改造中国，拯救民族的危亡，这在当时是对的；可是现在是商品社会、商品时代，商品覆盖一切，所以我们又需要一个“象牙之塔”。在“象牙塔”中，可赢得“沉浸”状态、“面壁”状态，这样读书有心得。

我现在是“冷藏”在“象牙之塔”里，进入了“人生的冬季”。如今，我跟松鼠、野兔的关系，已经大于人际的关系了。马克思所讲的“人是社会关系的总和”，对我来讲已经不合适，我更多的是“自然关系的总和”和“个体存在的总和”。个体存在，有生理存在、心理存在、意识存在、潜意识存在、感官存在、精神存在等。《红楼梦》说“白茫茫一片真干净”，我的内心也干净，该说的话就说，不情愿说的话就不说，保持一点“混沌”。我说“冷藏”，并不是开玩笑，我的老乡、明代思想家李卓吾，他写的书不求发表，自称“藏书”、“焚书”，这样才有写作自由。为了发表而写作，会受制于报刊。无目的的写作，就像贾宝玉为写诗而写诗，在诗社里能写诗他就很高兴。他的嫂嫂李纨，评诗时说宝玉压尾，第一名是林黛玉，然后是薛宝钗、探春等人，贾宝玉就开心地鼓掌，认为评得真好。可见宝玉不在乎评奖，他是无目的的写作，这是比较高的境界。把真情实感写出来，这是我生命冬季的一个特点。

春夏秋冬生命四季，这是“我的心灵史”。无目的写作，是我最后的觉悟。有人说我是“红学家”、“自由主义者”，我非常生气，我是为写作而写作，像朋友说的，“没有主义”。王强（原新东方英语学校副校长）给我的一本书作序，他说我的写作很像《一千零一夜》里宰相的女儿（给国王讲故事的人），意思是，讲述只是为了生命的延续，只是为了自身的需要、生命的需要，没有外在的功利目的。

第二点，我的人生为什么感到幸福——因为，有文学陪伴着。

拥有权力、财富、功名等，未必幸福。我的幸福感不是来自这些外在之物，而是来自文学。文学是什么，简单讲，能丰富人类心灵的那种审美存在形式就是文学；或者说，文学最大的功能就是丰富人类的心灵。“心灵”是个“情理结构”，“情”是情感，“理”是思想，是对世界、社会、人生的认知。文学能丰富人类的情理结构，能丰富人性。早在三十年前我就如此表述过。上世纪八十年代开全国青联会的时候，我作为文学界的委员，被我的朋友、中国音乐协会的副主席施光南邀请去给歌唱家、演员讲座，我讲的就是这个题目：“什么是幸福”。幸福，就是瞬间对自由的体验。现实生活中是没有自由的，比如没有情爱的自由，但是通过文学可以实现这份自由。几千年世界文明史，人很辛苦，神经之所以没有断裂，文学起了很大的作用，让人在瞬间体验到自由。比如曹雪芹写《红楼梦》，其实他在现实中没有自由，通过怀念几个“闺阁女子”（都是梦中人），他体验到了瞬间的自由。

我的人生之所以感到幸福，是因为文学一直陪伴着。我从中学时代开始，就有精神上的恋人，我深深地爱上她们，中国有林黛玉、晴雯等，西方的有《威尼斯商人》里的鲍西亚（当时朱生豪先生翻译为“鲍西霞”）、《奥赛罗》里的女子苔丝德蒙娜、《罗密欧与朱丽叶》里的朱丽叶、《哈姆雷特》里的欧菲利亚，还有托尔斯泰的娜塔莎等……好多女子都成了我的“心上人”，我从少年时代就爱她们，直到现在。文学进入我们的心灵，成为我心中永远的“恋人”，我总是和她们一起忧伤，一起欢乐，一起诉说，这是非常幸福的。夏志清先生批评我把小女儿送去读计算机科学，认为是一大错误，我认为很有道理。从事文学的一大好处，是让我们永远生活在心爱的岗位上，而且总是感到心灵很充实，很踏实，很丰富——这是庄子所说的“至乐”。

第三点，对于一个从事文学的人来说，最重要的是什么。

三十年前，我和李泽厚先生有一个对话，我们提出的一个观点是：劝文学家不要多读理论。李泽厚先生提出了一个理由，说如果太重理念可能会让理论筛选掉最生动的感性内容，写出来的作品会概念化；我的解释是，我们的理论不是一般的理论，而是“反理论”，反教条，反固定化模式。讲理论只是为了帮助大家从教条中解放出来。我这次讲的每一课，都是希望帮大家从理论的老套中解脱。我跟搞文学创作的朋友聊天时说，我们要走出老框架、老题目、老写法，不要讲老话、套话，要讲新话，讲别人说不出来的话。德国最伟大的哲学家康德，说天才只遵循“无法之法”，佛家关于“法”有近百种解释，我们一般解释成“规则”。写文章没有什么固定的规则，可以写千种万种。我写散文诗，从不遵循权威们规定的三五百字的法则，偏写三五万字的散文诗。我写过两千多段悟语，零零碎碎的，刻意打破体系，没想到道格拉斯就提倡“碎片式”的写作。

法国著名的作家罗曼·罗兰说，他的课堂不是要教学生如何当作家，而是要教他们放开思维，我的意思也是如此。我认为，对于作家最重要的，不是文学理论，而是“文学状态”。阎连科带着人民大学写作班的十三个学生来落基山脉看我和李泽厚，我讲到了这一点。什么是“文学状态”？“文学状态”一定是非功利、非功名、非集团、非主义、非市场的状态，这是一种描述，香港中文大学的校长金耀基先生说我的“文学状态”之论，是“一字千钧”。这虽是鼓励我的溢美之词，但说明他深知文学状态格外重要。另外，“文学状态”还是孤独的状态、孤绝的状态、寂寞的状态。要抵达陶渊明的写作状态不容易，一要耐得住清贫，二要耐得住寂寞。

“文学状态”还可以从各种角度描述，我多次用“混沌”状态表达。《庄子》里的一个寓言：

> 南海之帝为倏，北海之帝为忽，中央之帝为混沌。倏与忽时相与遇于混沌之地，混沌待之甚善。倏与忽谋报混沌之德，曰：“人皆有七窍，以视听食息，此独无有，尝试凿之。”日凿一窍，七日而混沌死。
>
> ——《庄子·应帝王》

这是说，人的混沌状态，是对某些东西永远不开窍，比如对金钱、权力、功名不开窍，不知道输赢，不知道成败，不知道功过，不知道得失，便是这种状态。贾宝玉没有世俗的生命技能，不懂得仇恨，不懂得嫉妒，不懂得算计，不懂得报复，也是文学状态。把得失、功利全放下，才能有文学状态。禅宗讲“本来无一物”，王阳明讲心学，也属文学状态。我们的课程，就是要引导同学们进入文学状态，拥有这种心灵状态，比什么都重要。

第二讲　文学的起点

（一）有“感”而发

关于文学的起源，我在《文学常识二十二讲》的“文学的初衷”一节已经讲过一些，大家可以参考。但在这堂课里，我不重复自己，希望将“文学的起点”讲得更透彻。

文学究竟是如何起源的？有的持“游戏”说；有的持“劳动”说；有的持“模仿”说；有的持“宗教”（巫术）说。这些不同说法是常识，大家应该有所了解。但是今天，我要讲的是“写作的起点”，就讲一个关键词——“感”。

前几天，有朋友为我庆祝生日，我想到一个字，就是“感”

字。除了感谢之外，还想送给同学们一个词组：“有感而发”，记住写作应当“有感而发”，而不是“有用而发”、“有利而发”或“有求而发”。既不是为应酬或其他功利目的而发，也不是“遵命”“奉命”而发。

从事自然科学的朋友，常常探讨一个问题：宇宙是怎么产生的？它的第一推动力是什么？而我们从事文学，想的问题则是：文学的第一推动力是什么？我认为，动力就是“感”字。有感而发——写作最怕无病呻吟，最怕矫情与装腔作势。

鲁迅在《答北斗杂志社问——创作要怎样才会好》中作了八条提示：

一、留心各样的事情，多看看，不看到一点就写。

二、写不出的时候不硬写。

三、模特儿不用一个一定的人，看得多了，凑合起来的。

四、写完后至少看两遍，竭力将可有可无的字，句，段删去，毫不可惜。宁可将可作小说的材料缩成Sketch，决不将Sketch材料拉成小说。

五、看外国的短篇小说，几乎全是东欧及北欧作品，也看日本作品。

六、不生造除自己之外，谁也不懂的形容词之类。

七、不相信“小说作法”之类的话。

八、不相信中国的所谓“批评家”之类的话，而看看可靠的外国批评家的评论。

请大家特别注意一下他说的第二条：“写不出的时候不硬写”。

（二）写作起点的三个要领

上边讲的是写作起点的第一要领：有感而发，无感不发，写不出的时候不硬写。然而，“感”很丰富复杂，它是一个系统。“感”，有感觉、感触、感知、感悟、感伤、感慨、感叹、感愤、感激等等，中国词汇太丰富，反过来说则有美感、丑感、恶感、乐感、耻感、苦感、罪感、悲感、喜感、伤感、羞感、痛感、快感、悲壮感、恐惧感、安定感、满足感、失落感、成就感、危机感、痛心感、惋惜感、幸运感、幸福感、挫折感、失败感、胜利感、孤独感、寂寞感、窒息感等等。鲁迅诗云“尘海苍茫沉百感”，意思是说，“感”有千种万种，每个人每天都会有所感。总之，有感即发，无感不发。鲁迅说不硬写，硬写便是无感而发，无病呻吟。但作家的长处是敏感，而且善于捕捉各种感觉。作家的功夫，首先是“感受”和“捕捉”的功夫，然后才是“表述”的功夫。

好作家一定要当“捕捉感觉”的能手。莫言在《透明的红萝卜》里，把打红的铁块比喻成透明的红萝卜，这是多么通透的感觉！作品中的小男孩有“内心感觉器”。作家就得拥有这种“内感觉器”，要善于捕捉感觉，呈现感觉。

作家除了感觉之外，还要善于认知，即对世界、社会、人生拥有自己的认知。这样，“感”和“知”就结合起来，这便是“感知”。关于感知，我在“文学主体论”里讲到人有三个主体，即认知主体、情感主体和操作主体。一般说来，诗人的情感主体比较发达，学者的认知主体比较发达，可是二者的操作主体都可能很弱。

作家，除了善于感觉、感知之外，还应当善于感悟。每写一篇诗歌、散文、小说都要有所悟，悟些他人未悟到的东西。所以写作可以说是要有感而发，也可以说要有悟而发——悟到一个别人没想到的、没说过的道理。悟是指“直觉”，明心见性，击中要害。写散文更需要悟。

第二：感，一定是真情实感。是实感而非妄感，是具体感而非抽象感。小说可以虚构，但是不是虚假。小说的真实，不是真人真事，但应当是真情真性。

第三：感，又必须是个性之感。同样是伤感，林黛玉的《葬花辞》与贾宝玉的《芙蓉女儿诔》就大不相同：前者伤自己，后者伤知己。同样是忧烦感，林黛玉的梦和安娜·卡列尼娜的梦很不相同，这是感觉的不同。写出个性，写出异点，“感”才精彩。这需要感受（靠体验）、捕捉（靠敏锐）、表述（靠才华）。从根本上说，靠修炼，千遍万遍地修炼。孜孜以修，矻矻以炼。是感也是修。读书破万卷，下笔如有神。读是修，记是修，想是修，写是修。炼也是修，炼笔、炼脑、炼心。外修与内修，齐头并进。

（三）高级感觉与低级感觉

“感”虽有千种万种，但必须分清的是以下几种不同的“感”。

首先，美感与快感不同。文学讲的是美感，不是快感。康德的哲学里讲到美感和快感的区别：快感是愉快（生理层面）在先，判断（心理层面）在后。但是人首先是心理存在而不是生理存在，文学重在书写心理活动。我们要分清：“由愉快而判断对象为美的，是一种生理快感；由人的各种心理功能综合运动而判断对象为美的，是心理快感。”

第二，要区分低级感觉与高级感觉。生理快感属于低级感觉，美感属于高级感觉。李泽厚在《美的历程》中有一章专门讲述苏东坡的意义，写得极好：

> 苏轼诗文中所表达出来的“退隐”心绪，已不只是对政治的退避，而是一种对社会的退避；它不是对政治杀戮的恐惧哀伤，已不是“一为黄雀哀，涕下谁能禁”（阮籍），“荣华诚足贵，亦复可怜伤”（陶潜）那种具体的政治哀伤（尽管苏也有这种哀伤），而是对整个人生、世上的纷纷扰扰究竟有何目的和意义这个根本问题的怀疑、厌倦和企求解脱与舍弃。这当然比前者又要深刻一层了。前者（对政治的退避）是可能做到的，后者（对社会的退避）实际上是不可能做到的，除了出家做和尚。……这便成了一种无法解脱而又要求解脱的对整个人生的厌倦和感伤。……这种整个人生空漠之感，这种对整个存在、宇宙、人生、社会的怀疑、厌倦、无所希冀、无所寄托的深沉喟叹，尽管不是那么非常自觉，却是苏轼最早在文艺领域中把它充分透露出来的。

李泽厚先生道破了苏轼的“人生空漠感”，这就是高级感觉。我们的写作课，就是培养文学高级感觉的课程。

孤独感、寂寞感、空漠感，都是高级感觉。我刚到美国时，非常孤独和寂寞，不仅有孤独感，还有“窒息感”，好像要在大海中沉沦，非常痛苦。现在则产生一种“占有孤独”的快乐感。无论是窒息感还是快乐感，都是高级感觉。人有孤独感，心灵才会生长。现在我的孤独感，又提升成一种沧桑感、苍茫感。在美国落基山下，念着陈子昂写的“念天地之悠悠，独怆然而涕下”，就深深地理解和感受到他的那种苍茫感。沧桑感和苍茫感也是高级感觉。

在《红楼梦》里，我从林黛玉的《葬花辞》里也读到了很多“感”：

> 花谢花飞飞满天／红消香断有谁怜／游丝软系飘春榭／落絮轻沾扑绣帘／闺中女儿惜春暮／愁绪满怀无释处／手把花锄出绣帘／忍踏落花来复去／柳丝榆荚自芳菲／不管桃飘与李飞／桃李明年能再发／明年闺中知有谁／三月香巢已垒成／梁间燕子太无情／明年花发虽可啄／却不道人去梁空巢也倾／一年三百六十日／风刀霜剑严相逼／明媚鲜妍能几时／一朝漂泊难寻觅／花开易见落难寻／阶前愁杀葬花人／独倚花锄泪暗洒／洒上空枝见血痕／杜鹃无语正黄昏／荷锄归去掩重门／青灯照

壁人初睡/冷雨敲窗被未温/怪侬底事倍伤神/半为怜春半恼春/怜春忽至恼忽去/至又无言去不闻/昨宵庭外悲歌发/知是花魂与鸟魂/花魂鸟魂总难留/鸟自无言花自羞/愿侬胁下生双翼/随花飞到天尽头/天尽头，何处有香丘/未若锦囊收艳骨/一抔净土掩风流/质本洁来还洁去/强于污淖陷渠沟/尔今死去侬收葬/未卜侬身何日丧/侬今葬花人笑痴/他年葬侬知是谁/试看春残花渐落/便是红颜老死时/一朝春尽红颜老/花落人亡两不知

这首词里的感觉多么丰富，值得我们阅读一百遍，品赏一百遍。首先是伤感（伤逝、伤春、伤己），悲感（悲秋、悲己、悲悯），愁感（愁绪、愁情、惆怅）；第二层我们可读出无依感、无助感、无常感、无力感，甚至死亡感；此外，我们还可感受到苍茫感、空漠感、空寂感、漂泊感、沧桑感、孤独感、空无感、无望感、无着落感、委屈感、无归宿感、无知音感、自怜感、羞涩感、珍惜感、黄昏感等。这首《葬花辞》是高级感觉的集大成者，愈读愈有味。

第三，要区分朦胧感与明晰感。能抓住朦胧感，才是好作家，比如张洁的《拾麦穗》，很少人注意到她写的这

篇短篇小说，其中“感”的朦胧就写得十分准确感人。张洁在作品里写到一个拾麦穗的小姑娘，长相比较丑，没有什么人疼爱。但是这个孤独的小姑娘得到了卖灶糖老汉的关爱，经常从老汉那里得到糖吃，收获一点“甜蜜”，所以她对老汉产生了一种朦胧的好感，一种很难界定的感情。比如她写道：

> 二姨贼眉贼眼地笑了，还向围在我们周围的姑娘、婆姨们眨了眨她那双不大的眼睛：“你要嫁谁嘛！”
>
> 是呀，我要嫁谁呢？我忽然想起那个卖灶糖的老汉。我说：“我要嫁那个卖灶糖的老汉！”
>
> 她们全都放声大笑，像一群鸭子一样嘎嘎地叫着。笑啥嘛！我生气了。难道做我的男人，他有什么不体面的地方吗？
>
> 卖灶糖的老汉有多大年纪了？我不知道。他脸上的皱纹一道挨着一道，顺着眉毛弯向两个太阳穴，又顺着腮帮弯向嘴角。那些皱纹，给他的脸上增添了许多慈祥的笑意。当他挑着担子赶路的时候，他那剃得像半个葫芦样的后脑勺上的长长的白发，便随着颤悠悠的扁担一同忽闪着。
>
> 我的话，很快就传进了他的耳朵。

那天，他挑着担子来到我们村，见到我就乐了。说：“娃呀，你要给我做媳妇吗？”

“对呀！”

他张着大嘴笑了，露出了一嘴的黄牙。他那长在半个葫芦样的头上的白发，也随着笑声一齐抖动着。“你为啥要给我做媳妇呢？”

“我要天天吃灶糖哩！”

小姑娘和老汉之间并不是世俗眼中的“爱情”、“恋情”等，是一种说不清的朦胧的快乐、依恋、思念、惆怅。人类的感觉非常丰富也非常细微，写文章就要抓住这种细微、朦胧、模糊的感觉。人文科学是很明晰的，比如我写《告别革命》，知道立论要鲜明，判断要确定；但写散文诗时思绪却很朦胧。七十年代末很多人写的诗，也被称作“朦胧诗”。我们要学会区分明晰与朦胧这两种感觉。特别要善于捕捉朦胧感觉。什么都想得太明确、太固定，反而写不好。

（四）美感心理数学方程式

最后我要谈的是李泽厚先生的发明——审美的数学方

程式。这一方程式是由感知、想象、理解、情感四个要素不断变化组合的方程式。这四个要素在作品中占的比例各不相同，有的作品侧重于感知，有的作品侧重于想象，有的作品侧重于理解，有的作品则侧重于情感。比如，鲁迅先生的杂文大多侧重于“理解”；中国古代的诗歌侧重于“抒情”，即情感要素占主导，而李白的诗歌，则侧重于“想象”。我们可以用李泽厚的这个审美的数学方程式分析很多作品。

我一直在比较中国的四大名著：《水浒传》《三国演义》与《西游记》《红楼梦》。在审美形式和艺术层面上，前两部作品也有很高的成就，比如《水浒传》写一百零八个人的不同个性，《三国演义》写战争场面、钩心斗角等；但是从精神内涵层面看：《西游记》和《红楼梦》是两部好书，《水浒传》和《三国演义》则是两部坏书，我写了一本《双典批判》批判这两本书。这是我对四大名著的“理解”，但始于“感知”，始于我阅读时的审美感觉。对于四大名著的“理解”不能只从艺术形式上看，还要从精神内涵上去把握。审美判断包括精神内涵上的判断。而我这些不同于别人的判断，也都起源于感觉。我讲这些，是说审美数学方程式，可用于“创作”，也可用于“欣赏”（“批评”）。

多年前，我国著名的当代作家韩少功先生到美国访问，也来到我家和我所在的学校（科罗拉多大学）。他演讲的题目叫作“感觉残废”。他说，对于作家来说，最宝贵的是拥有一种敏锐的感觉。可是，现在许多作家发生了“感觉残废”的可怕病症，对一切怪事均麻木不仁。我听了之后，感触很深，特以“感觉残废”为题写了一篇短文，说作家手残脚残不紧要，千万不可“感觉残废”，感觉一旦残废，写作便无从起步。起点没有了，那还侈谈什么写作？作家最值得骄傲的是，他们永远怀有一颗好奇心，对于世上万物万有，总是有一种比常人更为敏锐的感觉。“多愁善感”对于诗人而言，永远是必要的。

第三讲　文学的特点

这一堂课，我讲的是文学的特点。在《文学常识二十二讲》里有一节“什么不是文学”，已经提到了文学与科学、哲学、史学等的区别，这一课打算讲得更深入一些。要讲明文学的特点，必须仰仗参照系。

（一）文学与科学的区分

第一个参照系，是科学。《什么是文学——文学常识二十二讲》第三讲里说：“文学与科学全然不同。文学充满情感，科学扬弃情感；文学没有逻辑，科学却充满逻辑；

文学把自然人性化，即把无情变成有情，而科学却把人性自然化（客体化），即把有情变成无情等。二〇一二年，我到澳门参观人体解剖展览，看到人的心脏和各种内脏，包括骨骼与筋脉，那是科学展览；而文学却展示看不见的心灵和各种心理活动与情感体系。在参观之后，我体悟到："心脏不是文学，心灵才是文学；骨骼不是文学，风骨才是文学；胆汁不是文学，胆气才是文学。"

如果有人问，科学、哲学、文学三者之间的区别，我可以简要回答为：科学讲心脏，哲学讲心性，文学讲心灵。人是"身"、"心"、"灵"三位一体的生命。心性在身与心之间，心灵在心与灵之间。而同样讲"心"，弗洛伊德讲的是静态"心理解剖学"（本我、自我、超我），属于科学层面；文学家讲的是"心灵解脱学"，即自我三主体（你、我、他），关注的是文学内在的互动的语际关系，属于文学层面。鲁迅对弗洛伊德不满意，在《诗歌之敌》这篇文章中，把弗洛伊德当作诗歌的敌人，认为他太科学、太冷静。

文学的事业，一定是心灵的事业。凡是不能切入心灵的文学作品，都不是一流的作品。例如《封神演义》，情节虽离奇，但不切入心灵，所以并不入流。心灵的结构，是"情理结构"。文学不仅言情，也不仅说理，不局限于言志，也不局限于载道，它应当是情与理的结合，心与道的结合。最好的作品都是身、心、灵全都参与的作品。科学讲实在性的真理，而文学则讲启迪性的真理。俄国思想家列夫·舍斯托夫（Lev Shestov）写过《雅典与耶路撒冷》之书，科学属于雅典，注重逻辑、思辨、经验、证明等；而宗教与文学则注重直觉、感受、想象、启迪等，二者皆姓“耶”，既姓耶路撒冷，又姓耶稣。但文学重人性，宗教重神性。文学情怀与宗教情怀相近，都是大慈悲、大悲悯，对敌人也有同情和悲悯。文学不能简单地设置审判好人、坏人的道德法庭。它面对的是人性的丰富性与复杂性。陀思妥耶夫斯基的伟大著作《卡拉马佐夫兄弟》，书中有一个“大法官寓言”。红衣宗教大法官握有生杀大权，以上帝基督的名义迫害异教徒，可是基督爱一切人，也包括爱异教徒，他被大法官抓进牢房里。夜晚，大法官提着灯来到牢房，打量基督的脸，对他说：“真是你吗？你不应当这个时候来。”大法官认为耶稣妨碍了他的事业，所以囚禁并且要烧死耶稣。这个寓言讲了人类功利活动与非功利活动的悖论。文学是非功利的，超派别的，超政治的。

科学与玄学的区别，也属于雅典与耶路撒冷的区别。对此五四运动时期就有争论。“科学”的代表是丁文江、胡适，“玄学”的代表是张君劢。科学只能解决人类如何活得更好的问题，而玄学要解决的则是人为什么要活的问题。文学更接近玄学。它不重是非，而重启迪。

（二）文学与历史学、哲学的区分

接下来，我要讲在其他人文科学参照系下文学的特点。一般来说，文学代表人文的广度，历史代表人文的深度，哲学代表人文的高度。文学因为呈现广度，所以容易落入肤浅；历史代表深度，容易落入狭窄；哲学代表高度，但是容易陷入空洞。所以，文学作品要写得好，必须把三者打通，把历史、哲学的优点也吸收过来。有些文学经典，如史诗，其深度还可以超过历史。

巴尔扎克笔下的人物有四千到六千多个，《红楼梦》的人物超过五百个，巴尔扎克和曹雪芹都呈现了文学的广度。《西游记》里“真假美猴王”的故事很精彩，真假孙悟空打得难分难解，连观音菩萨、唐僧也辨别不出来，只有如来佛祖才能辨别。如来佛祖说宇宙中存在着“五仙五虫”，“五仙”即天、地、人、神、鬼，“五虫”即蠃、鳞、毛、羽、昆，万物万有都可以成为文学的书写对象，所以文学代表广度。文学可写鬼神，历史则不宜写神鬼。哲学里也没有鬼哭神嚎。

文学与历史、哲学的区别还可以用另外一种概念表述：文学体现心量，历史体现知量（识量），哲学体现智量。文学体现心量，指的是文学体现丰富的情感量、情思量、良知量。也可以说是诗量、“气”量、歌哭量、泪水量。《老残游记》的作者刘鹗说：“文学是哭泣”，文学拥有最多的歌哭，最多的喜怒哀乐，历史、哲学都不能歌哭。法国作家福楼拜写《包法利夫人》，表现了人性的丰富；巴尔扎克写《高老头》，表现了人性的凄凉，写到了极致。这些都是“心量”。

文学还有一个很重要的特点，就是它不设政治法庭，也不设道德法庭，只设审美法庭。奥赛罗杀死了苔丝德蒙娜，我们不说他是“凶手”，只说他是“悲剧人物”。文学不能随意判定一个人是好人还是坏人，凡是轻易划分敌我、判定好坏人的作品，都不是最深刻的文学作品。“文革”时期的样板戏，最大的问题就在于都设置一个政治法庭，戏中坏人（阶级敌人）作祟，呈现“两个阶级”的斗争，只要抓住了坏人，就解决了一切矛盾。样板戏只有世俗视角，没有超越视角，很肤浅。《红楼梦》诞生两百年，一直没有人用西方的哲学参照系来看待它，第一个在这方面取得突破的是王国维。他认为林黛玉的悲剧，是“悲剧中的悲剧”，它不是几个“蛇蝎之人”造成的，而是“共同关系”的结果，即“共同犯罪”的结果。世界上的很多矛盾，不是“善与恶”的矛盾，而是“善与善”的矛盾。那些深爱林黛玉的人，如贾宝玉、贾母，他们无意中进入“共犯结构”，对林黛玉的死亡也负有责任。“共犯结构”是我和林岗合著的《罪与文学》这本书的主题，我们所说的“共同犯罪”不是指法律层面上的罪，而是指良心上的罪。中国古代作家往往“道德嗅觉”过分敏感，常常设置道德法庭；中国当代作家的问题则是“政治嗅觉”过分敏感，总是设置政治法庭。可是文学只能设置审美法庭，否则就远离人性的真实，即用倾向性取代真实性。同样都是描写所谓的“荡妇”，《水浒传》把潘金莲送入地狱，《红楼梦》则把秦可卿送入天堂，前者设置道德法庭，后者却只从审美的角度刻画人物，两部作品的高下，不难判断。

直到今天，还有很多人以为作家应该当“包公”，写作就是判断是非黑白，除恶扬善。可是文学并非这么简单，好作家应当既悲悯秦香莲，也悲悯陈世美，应当写出陈世美内心深处的挣扎、灵魂的挣扎。唯有写出陈世美的生存困境、人性困境、心灵困境才能呈现文学性。这一点极为重要。一般人都误认为作家应当是包公，是总统，是记者，这些都是对文学的误解。莎士比亚塑造悲剧性的人物麦克白，不是把他写成“大坏蛋”。麦克白在谋杀了国王之后，认为自己的手沾上了血，他杀死了国王，“也杀死了自己的睡眠”，内心深处充满了痛苦与挣扎。中国的古代作品中只有“乡村的情怀”，缺少“灵魂的呼告”，缺少像哈姆雷特、麦克白等的“灵魂的挣扎”。中国当代文学前期的很多作品过于简单化，人物过于黑白分明。因为它处处设置各种法庭。

（三）宗教参照系下的文学

关于文学与宗教的关系，我在《什么是文学——文学常识二十二讲》的第十四讲里已经讲述了五个方面，即“文学与宗教的共同点”、“文学与宗教的不同性质不同归宿”、“文学与宗教的相互渗透”、“中西文学的巨大差异”以及“‘审美代宗教’的现代潮流”，大家可以参考。

今天，我还想强调：

第一点，文学与宗教二者的归宿不同：宗教走向信仰，而文学走向审美。文学追求审美境界，而不是神明境界。所谓“文学是我的信仰”，只是一种比喻。十九世纪西方用真善美来代替信仰，这是欧洲形成的思潮。鲁迅先生在《破恶声论》里说这是“易信仰”，不是“灭信仰”，即以审美代宗教。

第二点，从情感上说，宗教情感总是归于“一”，或归于上帝，或归于基督，或归于释迦牟尼，或归于安拉和穆罕默德，都是“一”。但文学则归于“多”，多彩多姿，群星灿烂，百花齐放，百家争鸣，多元并茂，众声喧哗，这才是文学的正常状况。即使文学高峰，也正如雨果所言，是“并列高峰”，不确认只有一个高峰，一种精神归宿。莎士比亚、巴尔扎克、雨果、歌德、托尔斯泰、陀思妥耶夫斯基等都是高峰。

如果上帝惩罚我，把我发配到月球上，让我挑选宗教书籍，如果我信仰基督教，就带《圣经》即可，如果信仰伊斯兰教，带《可兰经》即可，如果信仰佛教，我可能会带禅宗的《六祖坛经》；但是如果要带哲学书籍，就难选一些，我会带康德、休谟、黑格尔、笛卡尔、柏拉图、亚里士多德等书，大约要十本；如果要带文学的书籍，因为文学的多元，就会很难选择，可能要选二十本，西方的要有荷马、但丁、塞万提斯、莎士比亚、歌德、托尔斯泰、陀思妥耶夫斯基、卡夫卡等，中国的要有屈原、李白、杜甫、陶渊明、苏东坡、李煜、汤显祖、曹雪芹等。正是因为文学不是“一”而是“多”，文学显然更开放，更多自由选择。

第三点，文学走向“过程”，而不走向“究竟”。所谓“究竟”，指的是“终极究竟”，就是问我们的世界究竟是如何发生的，是靠什么推动的？这是“本体论”，即探究宇宙和世界的本体是什么。文学不叩问这个问题，文学写的是“过程”，只问经过，不问结果。

以往我国的当代文学作品希望找出“究竟”，究竟谁是坏人，究竟是谁救了我们等。这些都不是好的思路，文学可以认识世界，可以描写过程，但不是走向本体论。俄国的文学理论家巴赫金提出著名的复调理论，这一理论包括三个要点：一是狂欢；二是悖论（对话）；三是未完成式。文学属于未完成式，不提供结论。

第四点，文学走向“惠能”，而不走向“尼采”。这是我自己独特的一个表述，关于“惠能”和“尼采”的巨大差异，以前没有人对比。佛教传入中国产生了禅宗，禅宗产生了一个最伟大的人物就是惠能。“惠能”代表的是自由，这与“尼采”的区别在于：尼采主张人得道以后要当“超人”，而惠能主张人得道以后要当“平常人”。平常人，就是真实的人，文学应当注重平常的人、真实的人。

最难写好的乃是平常人，且又能是真正的“自由人”。请惠能去当王者师，给他黄袍加身，但他坚决不肯，即使宫廷使者拔剑相逼，他也不为所动，因为在惠能心目中，黄袍加身也不如自由之身。最高的价值不在宫廷里，而在自己的心里。再高贵的桂冠也不如宝贵的自由。惠能不仅不屈服于政治势力，也不屈服于宗教势力。禅宗发展到惠能的六祖就结束了，没有后继的七祖、八祖等，因为六祖惠能打破了他的衣钵。他知道，很多弟子会为了继承衣钵而自相残杀，所以他毁掉了这个纷争的源头。惠能代表了真实人、平常人、自由人，尼采代表了超人。如果同学们将来成功了，希望你们也当惠能式的平常人。

（四）艺术参照系下的文学

关于文学与艺术的关系，写得最好的哲学著作是黑格尔的《诗的艺术作品和散文的艺术作品的区别》，大家可以阅读一下。

限于时间关系，我简单说一下文学与音乐、绘画、雕塑等的区别。最重要的有两点。

第一，与音乐、绘画、雕塑等其他的艺术形式相比，文学的想象力更强。虽然绘画、雕塑等也有“想象”，但它们无法天马行空。只有文学才拥有天马行空的想象力。所谓“赋四海于一瞬，挫万物于笔端”（陆机），唯有文学才可能做到。第二，文学能够进入人的内心世界，但其他艺术不能或者只能部分地表现人的内心。比如达·芬奇的《蒙娜丽莎的微笑》，只能部分地表现人的心灵，但如果通过文学作品来写蒙娜丽莎，就可以尽情地表现她丰富的内心世界。托尔斯泰的“安娜·卡列尼娜”，可以说正是文学作品中的“蒙娜丽莎”。我们从安娜·卡列尼娜这个形象中，可以读到更加丰富、更加复杂，即更加深广的内心图像，也就是更丰富复杂的人性内涵。安娜·卡列尼娜内心所展示的人性多方面的冲突，包括妻性、母性、情性（情人性）的冲突，是蒙娜丽莎的艺术形象难以企及的。

现在很多人喜欢拍照，照片比书写更为逼真，但是再发达的摄影艺术，也不可能进入人的内心，所以旅行文学永远不会灭亡。

第四讲　文学的优点

文学的优点，其实是文学特点的延伸。文学最根本的优点，用一句话表述，就是文学最自由，也最长久。我到美国二十七年，得到三件“至宝”：一是自由时间；二是自由表述；三是完整人格。自由表述是一切价值中最高的价值。

（一）文学最自由

说“文学最自由”，是比较而言。具体地说，它比政治、经济、新闻、科学等都自由。作家只能关怀政治，但不能参与政治。因为政治的本性乃是权力的角逐与利益的平衡。即使民主政治，也改变不了政治这种基本性质。政治受制于权力关系，受制于人际关系，受制于党派纪律，受制于法律规则；还受制于选民，受制于多数票。而文学只面对人性，它只知道“千人之诺诺，不如一士之谔谔”，对于文学来说，个人（作家主体）比多数重要，比皇帝重要，个体的认知比集体的意志重要。所以文学比政治自由。

文学也比“经济”自由，经济要追求利润，哪里有利可图，资本就流向哪里，经济受制于利润，受制于市场，受制于经济规律。文学不追求利润，只要求表达，作家以表达为快乐，有市场要表达，没市场也要表达。

相对于新闻，文学也最自由。新闻面对的是事实，写真人真事是基本准则。但文学可以虚构，可以想象。新闻受制于时间，受制于空间，受制于真人真事。文学则可超越时空，也不受制于真人真事，因此文学也比新闻自由。

与科学相比，文学更显得自由。科学受制于经验与实证，受制于逻辑。科学不承认上帝的存在，因为经验和逻辑无法证明他的存在。但文学无须逻辑，无须实证，它可以说上帝不存在，也可以说上帝存在。在文学家看来，只要把上帝当作一种情感，一种心灵，他就存在。

文学拥有各种超越的可能性，所以它最自由。我讲“文学主体性”，重心讲述文学的超越性，文学可以超越现实的逻辑、现实的主体、现实的视角、现实的时空。如果不明白这一点，就无法成为一个好作家。但我所说的大自由，是指内心的自由，而不是外在的自由。曹雪芹生活在中国文字狱最猖獗的时代，没有外在的自由条件，但是他创造出了中国最伟大的经典极品《红楼梦》。一个聪明的作家，绝不会等待外在自由条件成熟之后才去写作。等待是一种愚昧。

（二）自由与限定

德国哲学常讲“自由意志”。“意志”是一种驱动力、冲击力。但“自由”并不是放任，不是我行我素，自由首先要克服“本能”，不做“本能”的奴隶。康德哲学叩问的问题是：道德是否可能。也就是自由意志是否可能，这也是孔子所说的“从心所欲不逾矩”是否可能。

《西游记》的起始部分书写孙悟空在花果山拥有绝对的自由，后期则有“紧箍咒”。这个“紧箍咒”乃是对孙悟空绝对自由的限定。唐僧是很慈悲的，他没有孙悟空的火眼金睛，但为了坚守“不杀生”的原则，便给所有的妖魔鬼怪都作了“非妖非魔假设”，类似西方法庭的“无罪假设”。有此假设，便允许为犯人作无罪辩护，这才是真法治。《西游记》了不起，它有一个“师徒结构”，这是一个自由与限定的哲学结构。自由不是放弃责任。自由权利与社会义务也是一种相依相成的结构。我写过一篇短文《逃避自由》，讲我去美国之后才感悟到没有能力就没有自由。自由同样有很多困境，每个人都被限定在某种自由度之中。

（三）自由在于“觉悟”

自由有很多种类，文学追求的是内心的自由，精神的自由。

以赛亚·伯林（Isaiah Berlin）提出了“积极自由”与“消极自由”的概念。“积极自由”重在争取外在的自由，孙悟空“大闹天宫”挑战玉皇大帝的权威属于积极自由；“消极自由”则重在“回避”，很多知识分子都是要求消极自由，我曾要求三种“消极自由”，即独立的自由（不依附的自由）、沉默的自由（不表态的自由）、逍遥的自由（不参与的自由）。自由往往存在于“第三空间”，《红楼梦》开始时，贾雨村谈哲学，说世人常分“大仁”与“大恶”，黑白分明。其实还有大量中间地带的人。像贾宝玉等都属于“中间人”。曹雪芹不作“一分为二”的哲学预设。我问金庸先生自己最喜欢的作品是哪一部，他说是《笑傲江湖》。我也最喜欢令狐冲。令狐冲处于华山派与对立的日月神教之间，两派都不给他独立的权利，但他两边都不想依附。令狐冲的处境正是现代中国知识分子的普遍处境。社会总是不给思想者第三空间。

“内在自由”与“外在自由”不同。“内在自由”是指内心的自由，这是文学追求的自由。这种自由的关键在于人自身的觉悟。赢得自由的关键在于自身，即自由应当依靠自己的觉悟，即不能等待上帝的恩施，不能等待政府的恩施，也不能等待他人的恩施，而只能靠自己对于自由的意识。理解了这一点后，才能求诸自身。我因为理解这一点，感到自由多了，甚至连演讲的心态也发生了变化。我讲我的，不在乎听众的反应，我不把自由交给听众。自己可以掌握自由，哪怕外界禁锢得很厉害，我们也可以赢得精神创造的自由。只要我们不求发表，像卡夫卡一样，在遗言中决心焚书，或像李卓吾，认定只写“焚书”与“藏书”，那就可以天马行空、充分自由地写作了。

还有一对自由要分清，就是“物质自由”和“精神自由”。不能说只有精神自由重要，物质自由就不重要。中国文化讲“三军可夺帅也，匹夫不可夺志也”，“富贵不能淫，贫贱不能移，威武不能屈”，以及《庄子》中的《逍遥游》等，都是精神性的人格。

中国文化恰恰缺少物质性自由的位置，如恋爱自由、婚姻自由、迁徙自由、读书自由等。五四运动的一大功绩就是启蒙我们去争取物质性自由，所以五四运动了不起。但文学自由，属于精神自由。它不需要等待物质自由实现之后才进行写作。中国文化不讲恋爱自由，但《西厢记》《红楼梦》等却大写恋爱自由。

（四）影响文学自由的若干先验预设

要赢得写作自由，首先不能作任何政治预设。前期中国当代文学（一九四九—一九七六），之所以难以成功，就是因为作家作了太多的政治预设，或两个阶级斗争的预设，或两条道路斗争的预设，或两党斗争的预设。这就会影响作品挖掘人性的深度。莫言之所以成功，有一个原因是他不作政治预设，他的《丰乳肥臀》所歌颂的伟大母亲，超党派、超政治，其胸怀像大地一样，包容一切苦难，没有党派之间谁正确谁错误的政治预设。夏志清先生的《中国现代小说史》的好处，也是突破政治预设肯定张爱玲、沈从文等的文学价值。不过我认为张爱玲后期背离了她在《自己的文章》里宣示的美学立场，其《秧歌》和《赤地之恋》，用政治话语取代文学话语，创作的出发点也是政治预设。

第二，要赢得文学自由也不能作任何哲学预设。我过去接受的哲学是唯物论、“一分为二”；我后来学习了禅宗及王阳明的心学，这些都属于唯心论的范畴。禅宗讲“不二法门”，就是不要“一分为二”，而要爱一切人，宽恕一切人，理解一切人。《红楼梦》里的晴雯、鸳鸯都是丫鬟，在世俗世界里被认为是奴隶的下人，可是曹雪芹却没有界定她们为奴婢。晴雯就是晴雯，鸳鸯就是鸳鸯，活生生，又真又善又美。荷马写的《伊利亚特》也是如此，他没有把特洛伊战争定义为正义战争或非正义战争，双方全都为一个美人海伦而战。

第三，文学不应担负外在使命。文学具有潜在的净化功能、范导功能，但它不担负改造世界、改造社会的外在使命。写作应当面对人生的困境，真实的人性，不需要担负其他的外在使命，无论是阶级的使命，民族的使命，或是革命的使命等。鲁迅企图疗治中国国民性，我们应当尊重，但这不是作家可以完成的。文学不可能改造国民性，只能呈现国民性。《阿Q正传》只是呈现国民性，并未完成改造国民性。今天阿Q还是阿Q，未庄还是未庄。使命太沉重，文学就失去自由。我们非常尊敬的诗人闻一多先生，他是个国家主义者，但后来人们把他的“时代的鼓手”，变成了一个普遍命题，这就错了。马克思说文学不能充当“时代的号筒”。文学作品不应席勒化，而应该莎士比亚化，即内心化、人性化。

（五）文学最长久

王国维在政治上很保守，但文学眼光则很先进，他在“论文学”里说：“生百政治家，不如生一大文学家”；文学家比政治家长命。古希腊城邦的行政长官，我们谁也记不得他们的名字，但荷马的名字却至今仍然家喻户晓。我国的李煜，作为皇帝，没有什么人能记住他的政绩，但是作为诗人，李煜的词却流传千古。因为李煜词所蕴含的家国沧桑的真理与人世沧桑的真理，乃是“天下万世之真理，而非一时之真理也”（王国维语）。《孟子》说：“君子之泽，五世而斩”，可是伟大的文学作品，百世不斩，万世不灭，可以肯定，千百年后，莎士比亚、曹雪芹还会让人说不尽、读不尽。

中国过去几十年的时代精神，是革命的精神；现在的时代精神，是赚钱的精神，所有人的神经都被金钱抓住，所以作家不能跟着时代潮流跑。作家应该做《红楼梦》所说的“槛外人”，加缪所说的“局外人”，不让潮流牵着鼻子走，不当潮流的人质，这样才有文学的永久性。《红楼梦》所有的冲突矛盾，都不是“时代”维度上的冲突，而是“时间”维度上的冲突。文学具有超越时代的品格，“永恒性”的品格。真正能“万岁万岁万万岁”的，不是帝王，而是文学。

第五讲　文学的弱点

上一节课讲述文学的优点，我用斩钉截铁的语言说明，优点在于最自由和最长久。今天讲文学的弱点，同样可以用一句话概括：文学，最没有用。

（一）文学最无用

“文学无用”的命题，很多人都讲过。鲁迅一九二七年在上海暨南大学做演讲，这篇演讲非常有名，题目是《文艺与政治的歧途》（《鲁迅全集》一九八一年版，第七卷第113页）。其中有一个重要的论点——文学不如大炮有用：

"打倒军阀是革命家；孙传芳所以赶走，是革命家用炮轰掉的，决不是革命文艺家做了几句，孙传芳呀，我们要赶掉你呀的文章赶掉的。"文学的确没有飞机、大炮、刀枪等各种武器与工具的实用价值。这种弱点，带给文学一种非常辉煌的特点，即"超功利"、"超实用"的特点。

叶圣陶的孙子、当代著名作家叶兆言有一篇讲述，叫《被注定了的文学》，里面有一个小标题"无用的文学"，也讲到了鲁迅先生的这个例子。叶兆言还列举了作家张爱玲和导演谢晋的例子：

> 张爱玲有一次在街头看见一个警察打三轮车夫，她写文章谈了这个事，说她当时有一种很强烈的冲动：要是自己能嫁个市长就好了，因为如果嫁了市长，可以让老公立刻把这个警察给开了。这是一个作家在面对不公时，产生的一个很真实、很质朴的念头：文学没有什么直截了当的作用，如果想用文学让这个警察住手，是完全不可能的。
>
> 不光文学界，在文艺界内，关于文学的用途也存在争论，像著名导演谢晋，就有过这方面的表露。十多年前，谢晋拍了个电影，请了很多作家来提意见。谢晋讲

起了自己的理想，他说一生有两个理想，一是想做一个记者，二是想当一名电影导演。台下的记者就很激动，问他为什么想做记者。当时我也在台上，我没有想到谢晋会突然暴怒，他对记者说："我当然想做记者，但是你们要知道，我可不是想做你们这样的狗屁记者，我想做的是像美国普利策奖（Pulitzer Prize，港译：普立兹奖）那样的记者，做在第一线报道最直接、最纪实和最针对社会现象的记者。"

谢晋的言语中，有意无意地说到了文学的一些作用。我们经常把文学家所承担的东西和记者、媒体所承担的东西混为一谈了。我想强调的是：文学，尤其是虚构体的文学；它和新闻是完全不一样的。对社会能起到直接作用的，是谢晋所说的记者和媒体。我个人认为，媒体做的报道，包括一些报告文学，确实对社会现实有着非常强烈的现实意义，而我前面所说的文学，尤其是虚构文学是没有什么大影响的，实际上现实很多作家已经意识到问题的所在了。他阐释"文学无用"的观点，还把文学比作爱情，很有意思。他说：

我觉得文学更像爱情，当我们用"有用"和"没用"这样的价值判断来谈文学的时候，我们就会非常尴尬，就像我们没有办法用价值判断来谈爱情一样。爱情也是没有用的：没有爱情，人类照样可以繁殖；没有爱情，同样可以有婚姻；没有爱情，男女也可以发生关系。文学和爱情一样，人们从事文学并不是因为它有用；它可能给我们带来什么样的好处；它能改变什么样的处境，而是因为文学本身真的非常美好。文学是因为它的美好才能够生存的，即使文学再边缘，到了几乎没有什么人看的地步，文学还是会因为它的美好而存在，当我们摆脱了利益来谈文学的时候，我们会觉得我们的眼前变得一片光明。

这个比喻非常好，让我联想到很多。首先想到，我们爱文学，乃是文学本身的美好，并非文学可以带给我们什么"好处"。接着，我们又会想到：文学写作，作为一种审美活动，它是超功利的，也不应当讲究是否有用。

《红楼梦》里，贾宝玉很善良，从不说别人的坏话，但他对探春有过微词。探春在王熙凤生病时，和李纨、薛宝钗一起主持过贾府家政。她很节俭，精打细算，因此主张应把贾府中枯萎的荷叶和花拿去卖钱。宝玉对此非常反感，他说探春也学得"乖巧"了。探春是考虑荷叶的实用价值，但这些花草在宝玉眼中却只是欣赏的对象。宝玉眼里，花草与爱情均无实用目的，为美而美，为爱而爱。他最爱的林黛玉，是最有才华的诗人，但最没用，而且还有肺痨病。贾母很疼爱林黛玉这个外孙女，但还是决定让贾宝玉娶薛宝钗为妻，这也是从“有用”的角度出发的。而贾宝玉爱林黛玉、爱晴雯、爱鸳鸯，则都是超功利的，即都是无条件的爱，无目的的爱。

文学现在越来越边缘化，很多诗歌、小说都没有什么读者，没有什么市场。因为现在的社会是功利的社会，物质主义覆盖一切,人们只知道物质的价值,不知道精神的价值。在座的同学们以后如果想当作家，第一要耐得住寂寞，第二要耐得住清贫。如果做不到这两条,就不要选择这个行业。

（二）文学的无用之用

文学虽然是最无用的，但从人类的终极目标看，却又有一个悖论，就是文学的“无用之用”。“无用之用”这个理念，出自《庄子》的“外篇”，此篇中记叙了庄子与惠子的辩论。惠施经常出现在《庄子》里，也被称为惠子。《庄子·秋水》里记载了庄子和惠施关于“鱼之乐”的辩论，庄子说水里的鱼很快乐，惠施反问庄子，你不是鱼怎么知道鱼快乐。在这个故事里，惠施讲的是逻辑，而庄子讲的是直觉。中国文化，很善于讲直觉。我写《红楼梦悟》，用的就是直觉。庄子和惠施的讨论还有很多，“外篇”如此论辩“有用无用”：

惠子谓庄子曰：“子言无用。”

庄子曰：“知无用而始可与言用矣。天地非不广且大也，人之所用容足耳。然则厕足而垫之致黄泉，人尚有用乎？”

惠子曰：“无用。”

庄子曰：“然则无用之为用也亦明矣。”

“无用”与“无用之用”是一对悖论，两个相反命题都符合充分理由律，都道破了真理的一个方面。惠施说“言无用”是对的，庄子说“言为无用之用”也是对的。庄子和惠施还有很多类似的辩论。在《逍遥游》里，有关于樗树之用的对话：

惠子谓庄子曰：“吾有大树，人谓之樗。其大本拥肿而不中绳墨，其小枝卷曲而不中规矩。立之涂，匠者不顾。今子之言，大而无用，众所同去也。”

庄子曰：“子独不见狸狌乎？卑身而伏，以候敖者；

> 东西跳梁，不避高下；中于机辟，死于罔罟。今夫嫠牛，其大若垂天之云。此能为大矣，而不能执鼠。今子有大树，患其无用，何不树之于无何有之乡，广莫之野，彷徨乎无为其侧，逍遥乎寝卧其下。不夭斤斧，物无害者，无所可用：安所困苦哉！”

惠施觉得樗树的树干和树枝都没有什么用，但是庄子说这棵树的树荫可以乘凉。所以，说这棵树没用是对的，说它有用也是对的。还有一个类似的例子，是人们说某种瓜没有什么用，但是庄子却说可以做成瓢，像船一样可以载人游玩。

我在第一课里讲过：文学可以丰富我们的心灵，丰富我们的情感。丰富我们的思想，就像我们说爱情没有用，但是它可以丰富我们的人生，使我们的人生更有诗意，正如荷尔德林（Friedrich Hölderlin）所说，可以帮助我们“诗意栖居”。这也可以说是一种“用”，但不是浅近利益的效用。

（三）无目的的合目的性

关于什么是美，古往今来很多哲学家都探讨过。柏拉图说，美就是美本身，他探讨的是美的本质。不是漂亮的姑娘，也不是那些坛坛罐罐，他认为美乃是美的共同理式。朱光潜先生则认为，美是一种审美关系，是“心”与“物”的关系。我写过《李泽厚的美学概论》，借用了尼采的“男人美学”与“女人美学”这对概念描述朱光潜和李泽厚两位先生的不同：李先生属“男人美学”，即哲学性美学，凡研究美的本质、美的根源，即美是如何形成的，等等，都属于这一类。李泽厚提出的“自然地人化”、“历史的积淀”诸命题，都是在解释“美”如何形成。而朱光潜先生则属于“女人美学”，他探讨的不是“美”如何形成，而是美感的产生，美感与文学艺术的关系等问题。其重心是审美，不是美本身。

今天我们讲述的是文学的弱点，关注的是“无用”与“无用之用”。我觉得在西方两千多年美学历史中，把二者统一起来，并对二者作了最科学的说明的是康德。康德提出一个著名的美学公式是“无目的的合目的性”。这是一个值得我们永远记住的伟大命题，也可以视为美的定义和美的本质。首先，美“无目的”，即美是无用的，也就是说，超功利、超实用，超浅近目的，也就是无用方为美。文学符合这一条，它最没有用，但它最美。其次，美又是

“合目的性”。所谓“合目的性”，就是合最高的善，即合人类的终极目的。终极目的是什么？是人类的生存、延续、发展，这是几乎看不见的目的，但又是最根本的目的。对于“合目的性”，也有人解释成客观的审美判断。我们在课堂上不必纠结概念，重要的还是观照已经发生的和正在发生的文学现象。

我在《文学常识二十二讲》里批评曹丕的一句名言，他说“盖文章，经国之大业，不朽之盛事”，还批评梁启超没有新小说便没有新社会和新国家的观点。真正的大目的，应当是“合天地目的”、“合人类目的”，而不是合党派、合国家、合民族的目的。无论是曹丕还是梁启超，都停留在“合国家”。只有“合天地”、“合人类”，才是永恒的，才是最大的善。文学写作，要合天地大目的，合至善，合人类最根本的心灵方向。

蔡元培提出“以美育代宗教”的理想，归根结底也是向往精神领域中的“无用”与“无用之用”的统一，即向往“无目的的合目的性”。因为宗教与政治结盟之后（政教合一），愈来愈带有实用性与浅近的功利目的，于是产生了打着神的旗号，发动为争夺土地与权力的战争。这些战争使宗教的偏颇与实用性更为明显。中国对于宗教更是常常采取实用主义态度，很多人进入宗教是为了“吃教”，把宗教当作敲门砖，敬神的背后是与神做利益的交易。鲁迅批判过中国人的宗教实用态度，说中国人对神只是“从”，而不是“信”，即只是以功利态度对待神，并非真的对神有无条件的信仰。蔡元培“以美育代宗教”的理想，乃是以超功利的“真善美”来取代功利性的宗教态度。文学艺术之所以可能成为“美育”的重要内容，乃是因为文学艺术具有超功利的、不追求实用目的的特点。也就是说，“无用”的弱点，通过“美育”，便可以化为“无用之用”的优点。培养学生音乐的耳朵、审美的眼睛，以及丰富的心灵与情感，都是深远的合目的性，而不是浅近的有用性。

（四）本节课的“期待”

今天讲述“文学的弱点”，是为了让同学们明了：文学不可能带来任何世俗利益。想当一个好作家，首先应当放下文学“有利可图”的妄念，而明确“文学最没用”的真理。以往国内的文学概论，常说文学可以成为政治机器的齿轮与螺丝钉，甚至可以成为没有穿军装的军队，这都是夸大文学的用处。现在有些作家追求世俗角色，老想当个“作协主席”、“文联主席”，哪怕省级、市级的“主席”也好，因为世俗角色可以带来世俗利益。这种追求势必影响作家守持本真的角色，也势必造成世俗利益对文学的腐蚀与伤害。因此，敢于确认“文学最无用”，乃是作家的一种精神品格。有了这种品格，作家才能全身心地投入文学，也才能进入“无目的写作”和“超功利写作”。无论是鲁迅还是叶兆言、谢晋，他们都懂得文学的真谛，决不追求文学的世俗利益，只面对真实与真理，只知道让文学丰富自己的心灵与情感。我们这一堂课，正是期望同学们放弃学习写作的任何外在目的，不求功利，不求实用，不为了世俗利益而追求功名利禄，甚至为此而媚俗、媚上。

第六讲　文学的难点

前些时，在香港科技大学“文学风华”圆桌论坛上，美国威斯康星大学的黄心村教授在发言中透露，她的老师李欧梵教授曾在课堂里提示同学们说：“请注意，形式往往比内容重要！”这一课，我讲“文学的难点”，觉得文学创作难就难在创造形式。

（一）写作之难在于创造“形式”

自从亚里士多德使用“form”这一概念之后，关于内容与形式的关系，便探讨不断。也许把“form”翻译成“形式”会产生误解，因此，中国学人普遍忽视“形式”，甚至给强调“形式”扣上“形式主义”的帽子。其实，形式与内容不可分，即具有整一性。我在《文学常识二十二讲》中提出文学乃由三大要素组成，即心灵、想象力、审美形式。这三大要素也具有整一性。而今天，我要说，写作的难点在于创造形式，或者说，难在创造审美形式。寺庙里的和尚也有慈悲心，僧人也有很美好的心灵，但他们不是诗人，唯有美好的心灵加上美好的“形式”（诗的形式）才能成为诗人。也就是说，心灵必须经过一个通道才能表现为诗与其他文学门类。这个通道，就是审美形式。文学的难点，就在于创造出这个通道，即创造形式。所谓天才，就文学而言，乃是把心灵转化为审美形式的巨大才能。意大利著名的文艺批评家兼哲学家克罗齐（Benedetto Croce）在《美学原理》（朱光潜译）中说：“诗的素材可以存在于一切人的心灵，只有表现，这就是说，只有形式，才使诗人成为诗人。”克罗齐讲的是一个至关重要的文学真理。可惜许多作家一辈子都掌握不了这一真理，即缺少“形式”意识。以为文学写作，就是讲故事，铺陈情节，下笔万言，非常容易。不知道故事情节仅是心灵素材，它还必须通过“形式”而表现为诗与小说等等。形式意识其实就是艺术意识，审美意识。

中国的读者与作家，往往忽略“形式”，以为“内容”与“形式”的关系，乃是“酒”和“酒瓶”的关系，酒才重要，酒瓶则随时可以丢掉。其实，这个比喻并不恰当。前几天，我就这个问题与韩少功先生商讨，他说，内容与形式的关系，最好用“灯”与“光”来作比喻。我觉得这一比喻极好。文学乃是灯光，灯与光是一个整体，二者具有不可分性，二者融为一体，没有“灯”重要或“光”重要的问题。没有“灯”，产生不了“光”，但没有“光”，“灯”则没有什么意义。说“光”是form，称之为“形式”，这妥当吗？不过，约定俗成，我们姑且接受form即形式。但我今天要说，写作的难点就在于创造“光”，即创造形式。《红楼梦》里的少女都很可爱，也都有很美的心灵，但林黛玉是诗人，晴雯不是诗人。因为晴雯不懂得诗的形式，创造不出诗的形式。林黛玉则是诗人，她善于创造诗的形式。韩少功拥有清醒的形式意识，所以他的长篇小说写成《马桥词典》，通过“词典”这一审美形式展示马桥这一中国环境与中国心灵，因为这是创造，所以进入了20世纪“中国小说一百强”（《亚洲周刊》评出的一百强，我也是评委之一）。

我们如果要从事写作，一定要有“形式感”，评价文学作品，也要有“形式意识”，文学批评一是着眼精神内涵，二是着眼审美形式。今天，我再补充一句：三是应当着眼二者的整合水平，或者说，化合水平。

“形式”的创造，不仅难在必须具有形式意识，而且还难在具体的创造过程，即写作过程。在写作过程中，我觉得作家必不可少要经历文句之难、文眼之难、文心之难、文体之难等形式难关的考验。首先是写作的文句，这是审美形式的第一步。写作者的文句优劣，内行人一看就明白。有些人把作品让我看，一部数百页的长篇小说，我看头十页大概就可判断出他的水平，因为十页里文句的水平就暴露无余。

这样说可能还抽象一些。具体地说，作家写作时应拉好四种“强弓”，突破四种水平，即穿越四种“难点”。

（二）“文句”创造之难

“文句”的难点，这是文学的第一硬弓。每个作家首先要过语言关，要有语言的美感意识。经典作家首先是语言上的经典性，其才华首先在语言的文句上表现出来。我们表扬一个很有才华的作家时会说：“他出口成章”。所谓“成章”，就是嬉笑怒骂皆成文章，不同凡响，让人读后回味无穷，甚至过目难忘。例如历史学家兼散文家卡莱尔说："宁可失去印度，不可失去莎士比亚"，这一句话是作家的语言，但它比一篇论说莎士比亚的论文的分量还重。他自己解释道，因为印度只是"脚下的大地"，而莎士比亚则是"精神的天空"。这便是精彩的文学语言。以前有人误以为"宁可失去印度"是丘吉尔说的，但我考证了一下，发现是托马斯·卡莱尔（Thomas Carlyle）说的。卡莱尔还说了一句让我终生难忘的话，他说"未经历过长夜哭泣的人，不足语人生"，托尔斯泰的《天堂在你心中》引用过这句话。说起莎士比亚，我还想起《李尔王》中的一句话："现在是疯子领着瞎子行走的时代"。在"文化大革命"中，我总是想起这句话，念念不忘这句话。前两年著名作家余华到我们香港科大访问时给我讲过一个故事，这故事出自莎士比亚哪个剧本，他忘了，我也未去查证。他说，莎士比亚的语言特别了不起。有一个被国王误解而被流放到远方的老臣，历经多年后，国王明白是冤情，下诏书要他返回宫廷，但他已经老了，眼睛也瞎了，于是就说：谢谢陛下，请把诏书"收起来吧，那上面的每一个字，哪怕就是一颗太阳，但我已经看不见了"。余华说，这种句子，正是莎士比亚的语言。一句话足以照亮千秋，难怪歌德说：

“我打开莎士比亚第一页，就知道我的一生属于他了。”我还要告诉同学们，美国有两位作家的文句一直让我沉醉，而且影响了我的人生。这就是著名的散文家埃默森和他的学生梭罗。埃默森的每篇文章，每次演讲都充满让你难忘的文句，例如他说：“世界是微不足道的，人才是一切”；又说：“世界上唯一有价值的是拥有活力的灵魂”。他说的许多话都成了我的座右铭，而且让我知道怎么写散文。梭罗在我身上也产生了类似的效应。例如他说“资源就在附近”的这句话，就让我排除“贵远贱近”的人性弱点。我为什么喜欢鲁迅，首先也是觉得他的文字总是不同凡响，他说：“世上本没有路，走的人多了，也便成了路。”这给了我们极大的力量。去年“共识网”王淇采访我时，我加了几个字说：“世上本没有路，走的人多了，便成了路，即使走的人不多，我也要自己踏出一条路。”但这只是鲁迅名句的翻新而已。散文需要写出好句子，诗歌更是如此。所以这才有唐代诗人贾岛著名的“推敲”故事。

（三）“文眼”创造之难

除了“文句之难”外，还要突破“文眼”之难。绘画讲究“画龙点睛”，文章也是如此。要会点睛，即会击中要害，点出穴位。我读书写作有种“点穴法”，就是“点睛法”。好诗好文都有“睛”，即都有文眼、“穴位”，例如《红楼梦》中贾宝玉作《芙蓉女儿诔》，其文眼就是歌咏晴雯的四句诗：“其为质则金玉不足喻其贵，其为性则冰雪不足喻其洁，其为神则星日不足喻其精，其为貌则花月不足喻其色。”抓住这一“文眼”，就可读懂全篇。能写出文眼是种硬功夫，但不可刻意营造格言（“格言”游离于文章整体之外，其效果适得其反）。我读王国维的《人间词话》，就捕捉其论述李煜的一句话：“俨然有释迦、基督担荷人类罪恶之意”（《人间词话》十八），这一文眼道破李煜词的最高境界，即关怀人间的终极价值。

我把自己的散文诗《读沧海》《又读沧海》《三读沧海》发给大家参照，也是为了说明“文眼”。《读沧海》的文眼是“大海，你为什么能够终古常新，为什么能够拥有这种永远不会消失的气魄。今天，我读懂了：因为你自身是强大的，自身是健康的，自身是倔强地流动着的”。《又读沧海》的文眼则是：“唯有你，变幻无穷的海，可以和人类身内的宇宙相比，唯有你，酷似我心中的世界：一部没有逻辑的诗，一部充满偶然、充满荒谬、充满圣洁的小说，一部在狂暴与温顺、喧哗与缄默、放浪与严肃中不断摆动的戏剧，一部让岸边聪颖的思索与狡黠的思索永远思索不尽、烦恼不尽的故事”；《三读沧海》的文眼，则是我把自己定位为“海的儿子”，自称“海婴”，所以整个人生都充满海的基因，海的气派，“海的思维，海的逻辑”。

“文眼”其实就是思想。十七世纪的法国思想家帕斯卡尔（Blaise Pascal）说：“人是一根芦苇，是自然界最脆弱的生命；但人是一根会思想的芦苇。”因为人会思想，所以人才伟大。我写散文诗，不仅是写情感，而且还写思想。散文诗中有我对世界、社会、人生的诗意认知。

（四）“文心”创造之难

写作还有第三个难点（作家还要拉好第三张硬弓），这就是“文心”之难。“文眼”是思想之核心，“文心”则是文章的大情怀、大视野、大精神、大境界。例如，四大名著的“文心”就很不相同，《三国演义》《水浒传》的文心很丑，那是机心与凶心；而《西游记》与《红楼梦》的文心则很美，那是佛心与童心。莫言为自己的小说系列作序，强调“大悲悯”，这正是文心。所以我说他的成功是上帝心灵与魔鬼手法的结合！我国前期当代文学，从周立波的《暴风骤雨》、丁玲的《太阳照在桑干河上》，一直到浩然的《金光大道》、姚雪垠的《李自成》，之所以不够成功，乃是它们的文心错了。其文心不是“爱”，而是“恨”；不是“大悲悯”，而是“你死我活”的阶级斗争。

我的忘年之交、左翼作家聂绀弩先生曾抄录他的两句话送给我，我一直挂在墙上，他说：“文章信口雌黄易，思想锥心坦白难”。信口开河，不负责任，表现才子气，这容易；但思想锥心就难了。锥什么心？锥“文心”，锥真心，锥本心，锥慈悲之心。

要锥入文心深处，一要靠识，二要靠胆。前提是坦白，即敢说真话。如果吞吞吐吐，甚至瞒与骗，那就会远离“文心”。文心讲究“真实”，所以说“坦白难”。文心还要讲究“深度”，所以要有“锥下去”的功夫，钱锺书先生的“管锥”功夫，不仅可用于学术，也可用于思想。

（五）“文体”创造之难

如果说，“文眼”是思想之核，那么，“文体”则是思想的浮雕性，可感性。每个伟大的作家，都有自己的文体，也就是说，都有自己的个性和风格。文体是作家整个人格、整个气质、整个才能的外化。俄国大批评家别林斯基对于“文体”有个经典的定义。他说：“刻意算作语言优点的，只有正确、简练、流畅，这是纵然一个最庸碌的庸才，也可以从按部就班地艰苦锤炼中取得的。可是文体——这是才能本身，思想本身。文体是思想的浮雕性，可感性。在文体里表现着整个的人。文体和个性、性格一样，永远是独创的。因此，任何伟大作家都有自己的文体……世界有多少伟大的或至少才能卓著的作家，就有多少文体。”别林斯基提醒我们，作家的全部才能，最后应当体现为创造独特的文体，即呈现为独特的风格。我们常说，风格便是人。其实，风格既是人，又是人的形式表现。世上的伟大人物都有自己的个性与才能，但未必都有自己的风格与文体。唯其伟大作家与伟大诗人，他必须把自己的伟大性与个性呈现为文体与风格。我们很难分清托尔斯泰与陀思妥耶夫斯基这两位最伟大的俄罗斯作家在“文心”上的区别，因为他们都抵达大慈大悲，但是我们可以分清他们的“文体”之别。他们两个人的风格很不相同。只要读一读他们的小说文本，就立即可以判断，此属于谁，彼属于谁。我们在创造形式时，不能忘却创造文体，这是最困难的也是最能表现作家水平的一道关口。有心的作家必须调动自己的一切才能实现文体的创造。

第七讲　文学的基点

（一）人性的两大特点

文学的基点即文学的立足点是什么？如果用一个词语概说，那就是“人性”。一是见证人性的真实；二是见证人类生存处境的真实。文学正是坐落在这两个“真实”的基点上，尤其是坐落在第一个“真实”的基点上。

“人性”有什么特征？至少有两个特征：一是人性具有无限的丰富性；二是人性具有无限的可能性。黑白，好坏，大仁大恶，都是简单化的划分。其实好人并非绝对好，坏人并非绝对坏。好人也有作恶的可能性，坏人也有行善的可能性。俄国文学的高明之处，就在于他们往往把小偷、妓女这些“犯人”拿来“审判”，既审出她们的罪恶，又审出“罪恶”掩盖下的“洁白”（鲁迅谈论陀思妥耶夫斯基之语），从而显示出“灵魂的深”，即人性的深度。

通常讲“人性”，首先是把它作为“物性”和“神性”的对立项来讲的。所以我们所讲的“人性论”，最初只讲人本，不讲“物本”与“神本”。这是正视人性的自然属性。可是发展到今天，又发现人性也有神性的一面。例如人的性爱，原来只是欲望即动物性，后来变成情爱即人性，而情爱又可发展成灵魂之恋与精神之恋，如贾宝玉和林黛玉的“天国之恋”，这便是神性。贾宝玉作为贵族公子，他却出淤泥而不染，视权力、财富、功名如粪土，这是神性。文学的功能之一，就是把“人性”往“神性”方向提升。

上个世纪三十年代，鲁迅和梁实秋就“阶级论”与“人性论”展开一场著名的论辩。这场论争，归根结底是关于“文学基点”的论争。论争的结果是鲁迅占了上风，因此“阶级论”也成了文学的统治思想。五十、六十、七十年代，“阶级论”也成了中国文学的基点。其结果是全部文学政治化，即全部落入“两个阶级”、“两条路线”的简单化模式。

其实，文学可以超时代，也可以超阶级。面对普遍的人性，就是超阶级。今天我们的课程就是重新认识人性的无限丰富性与可能性。人性有普遍性也有个别性，即有共性又有个性，仅仅人类群体的人性共相，就令人眼花缭乱，无法划一。我们先讲述一下群体共性中的整体相与分别相吧。

（二）人性群体的共相与殊相

人性群体的共相（整体相）就有许多方面，例如生物性共相，宗教性共相，民族性共相，文化性共相等。

以生物性共相而言，男性与女性差别就很大。一般地说，男性更多生理需求，女性更多心理需求。而男性又可分解为父性、子性、夫性、兄弟性等，而女性则可分解为母性，女儿性、妻性，情人性等。男性就其本性而言，一般都不忠诚，即所谓“天下男人皆薄幸”。而女性也常常表现得很丰富。托尔斯泰笔下的安娜·卡列尼娜，之所以写得好，就在于它表现出安娜极为丰富的女性。她爱儿子，这是母性；她爱沃伦斯基，这是情人性；她对丈夫有负疚感，这是妻性。她意识到，离情人愈近，离儿子就愈远，这是母性。她正是因为人性的冲突而崩溃，最后卧轨自杀了。

人是会变的，人性也会变。我曾写过一篇短文《女子悲剧五段论》，批评中国的男权主义。文中写道，女子开始是男子心目中的“梦中人”、“意中人”，接下来变成“屋里人”，然后渐渐疏远变成“局外人”、“陌生人”，最后变成“多余人”。托尔斯泰在《战争与和平》中，少女时期的娜塔莎写得很美，而在结婚后，娜塔莎变得肥胖，忙于各种家务琐事，不可爱了。人性有喜新厌旧的弱点。好作家要善于将人性的复杂写出来。

人性还有许多共相，例如宗教性。在西方，宗教性是比阶级性更大的一个范畴。基督教、伊斯兰教、佛教，三大宗教的差别很大。基督教又分三大派，即天主教、新教、东正教，这是常识。新教刚出现时，被天主教当作异端，老教压迫新教，因此茨威格写作《异端的权利》。在美国，曾有人想发展我为教徒，我说：“我喜欢孤独的上帝，不喜欢有组织的上帝。”我尊重上帝的存在，可以直接跟上帝对话。佛教也很复杂，仅仅中国佛教就有八宗。我喜欢禅宗。禅宗讲“悟即佛，迷即众”，特别看重悟性。禅性就是审美性，我们从事文学要有禅性，超功利、超集团、超市场。后来中国禅与儒、道结合，反而不如日本禅那么纯粹。我去日本时，主人用茶道欢迎，那种静穆之真情，令人感动。人性是复杂的，宗教信仰也是复杂的。中国人对待宗教多数不是真信仰，而是利用宗教，跟菩萨做交易。真信仰不掺杂功利。人间本有三个净土：学校、寺庙、医院。可是现在“净土不净”，和尚也滥用信众的香火钱。可见人性多么复杂。

应当承认，阶级性也是人性的一部分，阶级矛盾、阶级冲突是永远存在的，关键问题是如何区分阶级和如何解决矛盾。过去是从经济上划分，新中国成立后“阶级”划分又变成政治区分。比如中国的孔子，在“批林批孔”时代，连“四类分子”都不如，阶级的划分完全被政治化。鲁迅先生接受阶级论，是受俄国文学的启发。他发现人可分解为压迫者和被压迫者，后来主张文学要写出人的阶级性，与主张文学应当写普遍人性的梁实秋论战，甚至对梁实秋进行人身攻击，这是鲁迅先生的缺点，他的阶级立场过于激进。鲁迅有一句很有名的话，说贾府的焦大是不可能爱上林妹妹的。其实不然。我看到很多故事，宰相的女儿常常爱上穷乞丐。劳伦斯的《查泰莱夫人的情人》，查泰莱夫人因为丈夫无法满足她，而爱上她家的伐木工人，两人爱得你死我活，书里描写得非常细致——这就是林妹妹爱上焦大。还有《三言二拍》里的《卖油郎独占花魁》，“花魁”是最高级的青楼女子，却爱上了非常穷的贫民。莎士比亚的《奥赛罗》，苔丝德蒙娜爱上了黑人奥赛罗，这在英国贵族社会里是不可思议的。这些都是超阶级的复杂人性现象，鲁迅说得太绝对了。还有，苏联作家拉夫列尼约夫的小说《第四十一个》，写两个不同阵营的男女，在一个孤岛上相爱，后来男子所属的白军阵营来了一艘船，男子冲过去想要上船，属于革命阵营的女红军战士就举枪将他打死。这部小说过去受到中国评论家的批判，认为这是阶级调和的修正主义作品。批判者不考虑人性的真实。

人性的共相还有国民性等。国民性，属于深层的文化结构。中国人的国民性与日本人的国民性确实不同，甚至北京人和上海人、福建人的国民性也不同。法国人傲慢、虚荣，常为凯旋门骄傲，但是中国的老子却主张“胜而不美”，主张用葬礼对待胜利，绝无“凯旋”之说。美国人与英国人的国民性也不同，美国人比较坦率、天真，不记仇，比较实用主义；英国人则贵族气较重，也“善于”老谋深算，凡事理性一些。我很喜欢纳博科夫写的《洛丽塔》，讲一个中年男子爱上十二岁的少女洛丽塔，这个中年男子有英国绅士的贵族风度，而洛丽塔则“实用”有加，精明世故，体现的正是美国的性格。我最近在田家炳中学做演讲，题目是《略谈中西文化的八项差异》，这其实就是人性的地缘区别。因为时间关系，我在课堂上只能简单给大家说说。第一，中国是“一个世界”的文化，西方则是“两个世界”的文化（李泽厚语）。所谓“一个世界”乃是一个“人”世界。“人”之外虽然还有“天”，但中国文化讲究“天人合一”，因此，归根结底是一个“人世界”。西方文化的两个世界是除了“人世界”之外，还有一个“神世界”。第二，西方文化“重先验”，而中国因为没有“神世界”，所以“重经验”，也就是重历史。李泽厚先生著《历史本体论》，正是把“历史”视为根本。第三，西方文化讲“罪感文化”，中国文化讲“乐感文化”，日本讲“耻感文化”，印度佛教讲“苦感文化”。第四，中国文化讲“和谐”，西方文化讲“正义”。第五，中国文化“尚文”，西方文化则“尚武”。从古希腊斯巴达开始，西方就尚武。美国人对球星、运动员，非常崇拜。中国则是文人地位高。第六，李泽厚先生说中国文化是“情本体”的文化，即以情为根本的文化。而西方则是以“理”为根本，或者说是“理本体”的文化。不同的文化心理便产生不同的人性。

（三）人性个体的共相与殊相

人性群体的共相即人性的普遍性，已够复杂，差异已让人眼花缭乱。而人性的个别性，则更为纷繁多变。每一个体都自成一个世界。中国人爱讲“命运”，“命”是静态的，不可改变；而“运”则是动态的，可改变的。文学面对的就是变化多端的人的命运。这种命运既有常数，也有变量，有静态，也有动态。命运充满偶然，人性也充满偶然。把握“人性的真实”，绝非易事。

会写小说的人，一百零八个人可以写出一百零八种性格，如《水浒传》。不会写的人，千人一面，写一万个也没用。《红楼梦》里面没有大仁大恶，很多人处于第三地带、灰色地带。比如王熙凤，说话风趣，深受贾母喜欢，可她在贾府“帮凶、帮忙、帮闲”也都极为在行。薛宝钗是儒家的精神极品，林黛玉是道家的精神极品，史湘云则是名家的精神极品，这三个女子性格各不相同，不同文化会辐射到人性深处。其个性既有表层之别，也有深层之别。甚至连小丫鬟也都各有自己的性情，无一雷同。《红楼梦》真了不起。

（四）对人性认知的深化

西方对人性的认知，有三次大发现。第一次是文艺复兴时期对人的发现，发现人的优越性和长处，歌颂人是“万物之灵长”。第二次人的发现，是从十八世纪开始到了十九世纪叔本华才在哲学层面上得以完成，第二次是发现人的脆弱、荒谬、无知，并不那么好。叔本华认为人类是追求欲望的生物，欲望导致人类的堕落。其实欲望具有两面性，人类有欲望的权利，欲望可能成为一种动力，但欲望的另一面，也会把人变成贪得无厌的魔鬼，所以人具有无限恶的可能。第三次人的发现，是弗洛伊德“潜意识”的发现。占据人性绝大部分的是人的潜意识世界。人的自我可以分成本我、自我、超我，潜意识的世界基本是在“本我”的范畴。但弗洛伊德的发现是静态的，太科学化了，所以鲁迅先生将他视作“诗歌之敌”。好的文学作品则把人性世界动态化，“你、我、他”内在三主体的互动形成了复杂的语际关系即主体际性关系。

中国对人性的认知，有两个重要发现值得我们注意。第一次是王阳明的心学，发现了人性的无限广阔性。我写《性格组合论》受到王阳明的影响，用了“内宇宙”这个词，就是受到“吾心即宇宙”的启发。第二次是《西游记》对人性的发现。孙悟空是怎样的存在？非天、非地、非人、非神、非鬼、非妖，但是我要加上几个字，孙悟空又是“非天亦天”，“非地亦地”，“非人亦人”，“非神亦神”，“非鬼亦鬼”，“非妖亦妖”。孙悟空是妖身人心，天人地物，其本事又不愧为“齐天大圣”，吴承恩了不起，把人性扩展到这么丰富的境地。

第八讲　文学的亮点

在文学世界里漫游，常常会发现某个作家某个作品像星星似的在眼前或远方闪亮，让我们顿时感到欣喜甚至狂喜，那个星星似的作家与作品，就可称为“文学的亮点”。作为作家，这个亮点，往往是一种直觉，一种灵感。作为批评家，这个亮点，则是他的发现，他的洞察。作为读者，这个亮点则是他的心得，他的硕果。

（一）作家创作的亮点

作家眼里的“亮点”，也就是文学创作的亮点。这种亮点，只有一个，那就是作品的原创性。有原创性便有亮点；无原创性，即无亮点。但丁之前，人类所知道的“人世间”，并无地狱。但丁把“人世间”写成“地狱”，还把许多宗教领袖、世间豪强放入“地狱”的不同层次。那部《神曲》如此原创，自然就成了“亮点”。正如米开朗琪罗，在梵蒂冈西斯廷所作的《创世记》天蓬画。全世界都觉得这是地球上艺术的第一亮点。因为在此之前，只有创世记的传说，并无创世记的形象。自从这幅画产生之后人类便有了创世记的“天堂”和它所派的大地之子亚当与夏娃。这是绝对的首创，也是无可否认的艺术创造的伟大亮点。十六七世纪，在西班牙和整个欧洲，到处都是骑士文学，于是，骑士侠士文学也趋于模式化，千篇一律，让人觉得乏味，这时候，突然出现了塞万提斯的《堂吉诃德》，它一扫骑士文学的旧套，写一个既有正义感又傻乎乎的过时骑士，让人捧腹大笑又佩服他不断进取的精神，此时，全世界的眼睛在西班牙便看到了文学的“亮点”。还有，二十世纪初出现的天才卡夫卡，他一出手，便是星光闪烁，全是亮点。时至今日，一个世纪过去了，他的《变形记》《审判》《城堡》还是亮点，还在继续照彻当下世界的荒诞，触发人类的深思与反思。卡夫卡产生之前，欧洲文学乃至世界文学，只知文学可以抒情，可以写实，可以浪漫。卡夫卡问世后（作品出版后），人们才知道文学可以另类书写，可以如此荒诞，可以如此隐喻，可以如此警世。卡夫卡是伟大的预言家，他所以是十九世纪和二十世纪之交文学的巨大亮点，就因为他的作品具有无可比拟的原创性。有的作品我开始阅读时感到费力，然而一旦读进去，则发现书稿中“亮点”密集，有大亮点，有小亮点，原创性极强，让我读得目瞪口呆。

作家创造文学的亮点，靠的是直觉，是悟性。觉前人之未觉，悟前人之未悟，才有原创。克罗齐曾说：“直觉是离理智作用而独立自主的，它不管后起的经验的各种分别，不管实在与非实在；不管空间时间的形成与察觉”。克罗齐是真正懂得文学艺术的美学家。他知道直觉、感悟对于作家的何等重要。如果说，逻辑与经验可以导致科学的发明（科学亮点的出现），那么，唯有直觉与悟性才能导致文学亮点的产生。克罗齐正确地指出，直觉与逻辑无关，与概念无关，与理性无关，它带有极大的偶然性。文学的亮点，正是偶然的结果。当然，偶然的直觉与感悟，并非凭空而觉和凭空而悟，它也与积淀、修炼的功夫有关。作家往往是因阅历而悟，修炼而觉。

（二）批评家对亮点的发现

文学的亮点并不一定都能自动展示，它常常被埋没，被遮蔽，被抹煞。因此，对于文学的亮点，也往往需要有人去发现，去开掘，去宣扬。好的批评家就是善于发现文学亮点的批评家。例如，俄国最著名的大批评家别林斯基，他就具有一双天生的善于发现文学亮点的慧眼，这就是他的文学感觉力。他听到别人给他朗读《穷人》，在他眼前就出现一颗文学新星，这就是陀思妥耶夫斯基。后来时间证明，别林斯基发现的这个亮点，乃是俄罗斯的文学巨星，也是全世界的文学巨星。别林斯基不到四十岁就去世了，但他发现果戈理、陀思妥耶夫斯基的历史功勋则永远给人以启迪。别林斯基作为文学批评的天才，当然首先在于他大量地阅读文学作品，深知文学的特征，但是，他天生具有一种审美感觉器，则也是不容否认的。也就是说，作家创造文学的亮点，需要天生的才能，而批评家发现文学的亮点，也需要天生的才能。

（三）读者的文学亮点

文学的亮点，不仅属于作家与批评家，也属于读者。

优秀的读者都不是消极的接受者，他们同时也可以成为发现者与创造者。

我说的“优秀读者”，乃是文学真正的热爱者与作家的知音。他们不在乎政府和意识形态部门规定的各种评论标准，也不在乎各类教科书所宣示的各种批评尺度，只认定一条属于自己的好标准，即凡是与自己心灵相契合的作品，则爱入骨髓。于是“契合点”便成了他的“亮点”。例如我国当代最著名的诗人之一郭小川，他写了许多被广泛流传的诗作，但我并不喜欢。而他在一九五八年写的一首《望星空》，则让我爱不释手。为什么？因为其诗情诗意，与我的内心完全契合。这首诗进入不了当代诗歌史，却能进入我的心灵史，进入我的内心深处。因为诗人面对浩瀚的星空所产生的孤独感、寂寞感、空漠感等等，正是我常有的感觉。我认定，唯有这些感觉才能是高级感觉，才是深邃的美感。《望星空》的诗情与我内心的悲情一旦相互碰撞，便在我的眼前产生巨大的亮点。这种亮点是我自己感受到的。而文学史家们则感受不到，因为诗中的亮点已被他们的编写教条所掩盖了。

在中国，文学的亮点被教条所掩盖是常有的事。例如陈翔鹤先生所写的《广陵散》《杜子美还家》《陶渊明写挽歌》等短篇小说，我当时（六十年代）读后便为之一振，觉得这些小说一扫教条化的两个阶级、两条路线斗争的僵化模式，展示了小说创作的一片亮点。然而，不久之后，却看到批判文章，指责这些小说“味道不对”，把文学的亮点视为文学的黑点。此时此刻，我只能把这一亮点收藏在自己的内宇宙中，让它悄悄地发光。

（四）亮点发光的艰难

文学的“亮点”不仅有强弱之分，而且有真伪之分。文学的真亮点，总是带给人间以温暖和光明。而有些“亮点”则是官方追捧出来的或媒体吹捧出来的，随着时间的推移，它们很快就会烟消火灭，因为那是伪亮点。

从上述的例证中，我们可以了解，“文学的亮点”并非一帆风顺。它往往是在逆境中产生，而且产生后总是为时代所不容。但丁如此，郭小川如此，陈翔鹤也是如此。了解这一点，好作家就不必刻意追逐“亮点”，也不必相信，许多文学评奖机构所推举的作品便是文学的亮点。对于好作家而言，重要的不是求当“明星”，求作“亮点”，而是追求充分的创作自由，创造性是在良心深处与历史深处创作文学光明，那才是永远与天地共在的星火与亮点。普鲁斯特写作《追忆似水流年》创造了另一种文体（意识流文体），呈现自己内心的世界，有几个人能感受到那书稿上的明亮呢？但他不在乎这一切，只管写作，只管创造，终于创造出具有巨大原创性的多卷本长篇，这是文学的巨大亮点，可是这亮点需要时间证明。普鲁斯特着笔时怎么也没想到，他的那么长的小说，却成为后来人心目中的一串“亮点”。乔伊斯的《尤利西斯》，其命运也是如此。这部意识流大小说，现在也成了世界文学的大亮点。可是，刚问世的那些年头，这部小说被视为“淫书”遭到被禁锢、被诋毁的种种厄运。当二十世纪即将结束时，《纽约时报》把它放在二十世纪英文小说一百强的头一部时，有记性的人，可能会想到，一个世纪之前，它被视为头一部坏书。

天才与经典的命运尚且如此，更不用说普通的无人保护的写作了。所以，真聪慧的作家必定会把“文学的亮点”放在自己的心中，自己享受光明而不在乎外部的评语。

（五）亮点不是固定点

综上所述，我们可确认，文学的亮点在于首创。或第一个发现，或第一次发明，或第一次感悟，都可能提供亮点。但我们还要说明，首创，原创性，固然是文学的亮点，但这么说，仍然过于笼统。一部好的文学作品，可能是因为它提供语言的亮点，也可能是文本的亮点，风格的亮点，思想的亮点。亮点不是固定点，要具体分析。例如五四新文学运动中，胡适的白话新诗和鲁迅的白话小说，都是亮点，因为它们都使用新的语言，即都放下文言文写作而采用白话文写作。我们首先感受到的是新语言的美感。到了四十年代，我们又发现了赵树理的小说，而赵氏小说让我们的眼睛一亮的则是他的农民语言。采用民间最质朴的语言也可以把生活表现得这么美，这是前人所无，或者说，是“下里巴人”的亮点，也是中国新文学的亮点。有的作品，其亮点不在于它的新语言，而在于它的新思想，新感悟，例如刘心武的小说《班主任》出现时也让人感到这是新的亮点出现在文学地平面上，今天我们再读这篇小说，并不觉得这是写作语言的亮点，但在思想层面上，它当时就突破了原先小说的蒙昧，指出一代新青年在文化上的崩溃即白痴化，让人为之惊醒。后来出现张贤亮的《绿化树》《男人一半是女人》等小说，也让人觉得亮点闪烁。这也不是语言上有什么特别，而是在人性的抒写上，更贴近生命的真实。

最近几年我特别喜欢阅读马尔克斯的作品，读了他的《百年孤独》《苦妓回忆录》等，觉得他的每一部新作都是亮点。不仅语言上是亮点，文体上是亮点，精神内涵上也是亮点。他的原创性四处闪光表现得最为全面，读了他的作品，我才明白什么是文学的自由，文学创作可以“天马行空”到何等地步。

第九讲　文学的戒点

以前讲的课程多半是文学应当如何如何，很少讲文学不应当如何如何，今天要作点补缺，讲讲文学写作应当力戒什么，所以称之为“文学的戒点”。

“戒”在宗教里特别是在佛教里占有很重要的地位。中国佛教八宗，有一派是“律宗”，弘一法师就属于律宗。律宗也称为南山宗，其宗派领袖鉴真和尚曾六渡沧海到日本传教。弘一法师作为律宗的名家，曾写过“以戒为师”四个大字以警醒世人。禅宗也把“戒”视为与“定”“慧”并列的佛教基石。文学讲“戒”与佛教讲“戒”有所不同（下边再细讲）。然而，广义上的“戒”只是防止、防备、防范的意思，文学从广义上警惕某些作风还是必要的。在《文学常识二十二讲》里，有一讲题为“去三腔除旧套”，其实也有“戒”的意思。我在这一讲里希望同学们应去“学生腔”、“文艺腔”、“教化腔”，也希望同学们写作时要除旧套，勇于创新。这些都是写作修养。今天从“戒”的角度上说，是希望同学们进入写作时要力戒“落套”和力戒“腔调”。也就是说我已讲过两个戒点。那么，除了应当力戒“落套”和力戒“腔调”之外，还应当力戒什么呢？今天，我想再讲五个戒点。

（一）写作应力戒什么？

（1）力戒“平庸”：写文章最怕什么？最怕是落入“平庸”。我们常听到人们嘲讽不好的文章，是说它们“平铺直叙”、“平淡如水”、“平整无奇”、“味同嚼蜡”，等等，这些都是批评“平庸”的常见语言。

所谓“平庸”，便是一般化，公式化。文章政治正确，主题妥当，思想倾向也无缝可击，可就是四平八稳，面面俱到，没有波澜，没有精彩，没有新意。换句话说，文章没有错误，没有犯规，没有违法，没有别出心裁，但也没有新鲜，没有风格，没有个性，没有亮点。无味，乏味，寡味，毫无趣味，这都属于平庸。还有一些文章没有少年意气，没有青春气息，倒是老气横秋。一篇接一篇，但每一篇均可有可无；一本接一本，但每一本都可留可弃。书文中充斥的是人云亦云，鹦鹉学舌，滥竽充数。这当然也是平庸。

（2）**力戒“矫情”**：文学当然需要感情，需要生命激情，但不能有“矫情”、“滥情”、“伪情”。

滥情在上世纪六七十年代（“文化大革命”期间）到处可见，那时唱的“红歌”，读的“颂词”，全是“滥情”之作。

有许多作家对“伪情”有所警惕，并不弄虚作假，但是无意中却陷入“矫情”，古诗人写的“犹抱琵琶半遮面”，乃是轻微的矫情；而现代人唱的许多高调，则是明显的矫情。

矫情把“肉麻”当有趣。这一点，鲁迅早就指出。他批评“老莱子娱亲”的故事。这个老莱子本身已是老头子，但为了表示对父母的孝敬，就装腔作势，甚至假装跌倒，以博得父母一笑。这种把肉麻当有趣，归根结底乃是没有真情实感。

（3）**力戒迎合**：文学写作还有一个大忌是迎合。迎合，就是讨好。为了讨好读者，写作之前，就揣摩读者心理，为了钻入读者心中，作家就缩小自己、矮化自己。现在许多报刊与网站，设置所谓“畅销书榜”，于是，作家便企图书写畅销书。所思所想是如何畅销，迎合市场。这是写作的陷阱，但许多作家尚未警惕。好作家绝对不可有“写畅销书”，“登光荣榜”的念头，一旦有此念头，其心态，其构思，其深度，全受影响。我不是说，所有畅销书都不好，而是说，畅销是一种结果，而不应当是出发点。也就是说，创作时无畅销之念，结果写出好书，反而被有品位的读者所喜爱。即不迎合读者反而合好读者的审美趣味。在当下市场覆盖一切的年代，提出力戒写畅销书的念头，也是一种反迎合，与反俯就。这种“无目的”的写作其结果反而“合目的性”（合人类最高的善）。想写畅销书便是“目的性”太强太切，急功近利。

（4）力戒“媚俗”：“媚俗”这一概念，出自米兰·昆德拉。他多次批评捷克、东欧的革命作家媚俗。媚俗即随大流。具体地说，媚俗是指文学创作紧跟“形势”、“大势”、“时势”。那是一种很低级的顺从政治的习俗。

米兰·昆德拉实际上提出一个重大的戒点，就是文学不可随大流，文学不可顺“时势”。好作家倒是应当“反潮流”或“逆潮流”。

但米兰·昆德拉没有强调，除了不可顺从“时势”“时尚”之外，也不可顺从“大众”。

前些年，“大众文学”甚嚣尘上，名义上是为“大众”，实际上是“为市场”。因为大众乃是市场主体。顺从了大众，文学便有了卖点。但米兰·昆德拉无论如何已告诉我们，文学乃是高贵的事业，不可“献媚”。

不媚，才有文学的尊严与自由；不媚，才有作家的主权与独立；不媚，才有作品的格调与境界。我早已提出，好作家一定要有一种独立不移的立身态度，既不媚俗，也不媚雅。顺从大众的胃口固然不对，顺从小众的胃口也不对，刻意取悦“下里巴人”不对，刻意取悦“阳春白雪”也不对。托尔斯泰谁也不取悦，所以托尔斯泰才成其托尔斯泰。卡夫卡谁也不取悦，所以才成其卡夫卡。

除了“既不媚俗也不媚雅”之外，我还提出“既不媚上也不媚下”，“既不媚左也不媚右”，这是在时代语境下必要的补充：作家要赢得灵魂的主权，就不可媚上，即不可向皇帝、权贵拍马，也不可媚下，即讨好所谓“大众”、“大多数人”。还有，在各种不同派别的理念纠葛中，最好采取超越的中性立场，上下左右都不媚。极端主义是深渊，极左理念是深渊，极右理念也是深渊，唯一可能的选择是价值中立，灵魂独立。与此相应，对于文化的选择，也应“不媚”，既不媚古也不媚今，既不媚东也不媚西。无论是中国的文化还是西方的文化，都有其长处。我们吸收其长处，扬弃其短处即可。对于中国的古代文化和现代文化，也应采取这样的态度，好则说好，坏则说坏，绝不顺从，更不盲从。

（5）力戒“认同”：文学与政治的不同，政治总是鼓动人们去“认同”，所以它要强调“统一意志”、“统一步伐”等等。古代的政治统治者之所以喜欢实行愚民政策，说什么“民可使由之，不可使知之”，目标也在于让民众盲目认同自己的意志与路线。而文学则相反，它总是要启迪读者独立思考，作家也以独立不移为贵，“安能摧眉折腰事权贵”。而在具体的创作中，它总是害怕重复，既害怕重复前人，也害怕重复他人，因此，在文学理念上，也不可能认同前人与他人。一认同，写出来的作品就没有新意。所以，只知认同权力意志、政府意志与集团意志的作家很难在创作上有所突破，唯有敢于质疑流行观念、时髦观念的作家，才可能有所创新，有所贡献。

好作家一般都带有“异端性”思维。即对官方认可的理念具有质疑性的思维。喜欢叩问，喜欢质疑，乃是作家的精神品格。

（二）宗教戒律与文学戒点

请注意，我们今天讲的是戒点，不是“戒律”。戒律原是指佛教戒律（通常是指“毗奈耶”，广义上指最初的尸罗）。戒律是佛教三无漏学之一，与“经”“论”合为“三藏”，《西游记》里唐僧被命名为“唐三藏”，就来源于此。佛教诸派中那个以戒律为主的宗派，便是律宗。由于过分严格，便形成“清规戒律”，这对于修行的僧人也许是必要的，但对于文学写作者而言，清规戒律则是一种束缚，一种思想牢笼，一种心灵羁绊，并不可取。佛徒为了杜绝一切恶行，提出戒律原可理解，但后来戒律愈来愈烦琐，连教徒也受不了，因此便发生因对于戒律的不同意见的分裂。各派自行自己的“踺度”。有的认为“大戒可行，小戒可舍”，有的主张大戒小戒皆要实行。因为思想上的分裂，便形成不同的“毗奈耶”和不同的律藏，佛教最后在印度走向灭亡，是否因戒律过于严格与烦琐，可以探讨。

文学的戒点与佛教戒律不同：第一，它不形成戒经、戒藏、戒律。第二，它没有烦琐的教条和监视制度。第三，文学之戒与佛教之戒虽都有“防止”的意思，但佛戒是行为的绝对准则，文学之戒则是相对的修养。前者是强制，后者是提醒；前者是棍棒，后者是灯光。

（三）大戒点与小戒点

上述文学的戒点都是“大戒点”，这是文学作者必须防范的共同性戒点。但写作修养还必须注意小戒点。“小戒”因人而异，初学写作者可根据自身的需求自订一些小戒点。例如有些初学者逊于文学语言，或者对于语言的美感缺乏感觉，这就可以给自己订下一些戒点，例如戒妄言，戒浮言，戒谎言。倘若还要具体一些，则可“戒啰唆”、“戒重复”、“戒拖沓”、“戒生搬硬套”、“戒滥用形容词”。如果心性急躁，则可自己订下“戒粗糙”、“戒肤浅”、“戒急功近利”。如果心性懒惰，则可给自己订下“戒述而不作”、“戒眼高手低”、“戒睡懒觉”，等等，这些都是从消极方面所进行的文学修炼。我们不妨试试。

第十讲　文学的盲点

这一课，我要讲“文学的盲点”。讲题似乎有些古怪，但很要紧。我在《人论二十五种》中讲了“妄人”，那是不知轻重、不知好歹、不知“天高地厚”的人；而“盲人”则是视而不见之人。或根本不知，或以不知为知，或以不明为明，通称“瞎子”。我们这些从事文学的人，也常常充当文学的“瞎子”。从浅近的层面而言，只知小说为文学，不知道诗歌、散文、杂文、诗话、词话等也是文学，这便是“盲”。或者只知道小说家是谁，不知诗人是谁，这当然也是“盲”。以诗而言，谈起奥登之前，我们也许知道艾略特、叶芝、庞德、里尔克却不知道狄金森，那么，这个狄金森便是盲点。我读了江枫所译的《狄金森诗选》，补了课，才算扫了盲。而奥登之后，费尔南多·佩索阿、保罗·策兰、切·米沃什、特朗斯特罗姆、辛波斯卡、布罗茨基、阿多尼斯等，虽赫赫有名，但没读过，也算盲点。中国的当代诗人，只知北岛、舒婷、杨炼、顾城、西川、多多，其余的，如王小妮、于坚、雷平阳等，则一片漆黑，那么，王小妮等就成了我们的文学盲点。文学之盲点，几乎人人都有。不仅我们这些院校学子有，连瑞典的诺贝尔评审委员会也有，他们并非三头六臂之神圣，眼力精力均有限，也往往会当“瞎子”。在浩如渊海的文学世界之前，唯一正确的态度是谦虚，知之为知之，不知为不知。

作家本是人类世界中最聪明的部分，但也往往会当“瞎子”，除了阅读疏漏之外，还往往看不见文学中一些最重要的现象和最重要的事物。中国作家如此，世界各国的作家也如此。今天我侧重谈论中国作家的“盲点”。

中国当代作家盲点很多，例如在五十至七十年代，许多作家只知道典型环境而不知真实环境，只知道典型性格而不知真实性格，只知阶级论，不知人性论，这是普遍的愚昧，也是当下作家正在努力克服的蒙昧。不明之处很多，今天只想说三大盲点。

（一）身为文学中人却不知何为文学状态

二〇〇〇年多所学校请我去讲课，我讲的是“文学状态”。一心投入文学，全身心投入文学，这正是文学状态。我在讲述中，格外明晰地说，所谓文学状态，乃是写作的非功利状态，非功名状态，非集团状态，非市场状态。换种语言表述，便是非政治状态，非“主义”状态，非意识形态状态。作家应既不追逐权力意志的宝座，也不坐上集体意志的战车，总是独立独行，独来独往。总是处于孤独的状态，寂寞的状态，写作的状态。孤独的状态是作家的常态，无论是人或是作家，都在孤独的状态中才可能获得生长。

作家最广阔的天地就在他个体的自由思想和自由表述之中。而自由之源，也绝不是外在条件，即不在于上帝的赐予和政府的赐予。自由完全来自作家自身的觉悟和自身的创造。觉悟到自由取决于自身，才真正拥有自由。等待外部条件成熟才进入写作，乃是一种蒙昧。唯有这种关于自由的深刻认知，才能使得写作者始终赢得一种充分自由的文学状态，一种不求之于外而求之于内（自身）的文学状态，一种“抽身冷观”的基本处世状态和写作状态。所谓抽身，就是从世俗的功利罗网中跳出来，从而赢得自由。逃亡也是抽身。而所谓冷观，则是以清醒的眼光认知世界与人生，不为时事的动荡所左右。“抽身冷观”，正是一种自觉的文学状态。可惜中国的当代作家虽然聪明人很多，但并非人人皆知什么是“文学状态”。这是一大“盲点”。第二个大盲点则是：

（二）只知意识世界而不知潜意识世界

不知何为“文学状态”，这是中国作家第一大盲点。而不知文学世界的最广阔地带乃是潜意识世界，则是中国作家的第二大盲点。这一盲点在五十至七十年代，表现得最为明显。这是中国当代文学的前三十年，在这个年代里，作家只知“主义”，不知灵魂“主权”；只知“反映论”，不知“反观轮”；只知“美在生活”，不知“美在生命”。而最为突出的是只知政治意识形态，不知有潜意识世界。

不知有潜意识世界，这在弗洛伊德问世之前，是全世界作家的普遍盲点。伟大心理学家弗洛伊德是揭示“潜意识世界”的天才。他告诉人们，人的生命内里可分为意识部分与潜意识部分。意识部分很小，相当于海中冰山露出海面的那一小角，而潜意识部分则很大很广阔，它相当于潜藏于海平面之下的巨大冰山。潜意识部分，它的主要内容是性爱。性爱从人的童年开始就支配着人的意识部分。性爱受了压抑便产生梦。文学艺术乃是梦的呈现和表述。弗洛伊德这一学说当然可以商榷，例如他说文学的动力源乃是性发动（潜意识爆炸），这固然能说明许多文学现象，但它不能说明无数由于“良知压抑”而产生的文学。然而，弗洛伊德所揭示的潜意识大于意识而且支配意识的真理，却给作家以极大的启迪。至少启迪作家不应当只用头脑写作，还应当用全生命写作。所以当他八十寿辰的时候，欧洲一些最有名的作家如罗曼·罗兰、托马斯·曼等一百多人，便集体地为他庆祝生日。我们应当承认，在弗洛伊德之前，我们的眼睛看不到广阔的潜意识世界，看不清性爱在文学中的巨大作用。而当世界范围内的作家普遍地张开眼睛，认识到生命中的“潜意识”真相近百年之后（弗洛伊德出生于一八五六年），许多作家却仍然“主题先行”、“主义先行”。某些时代、某些作家的作品中没有性爱，没有梦，没有本能的压抑，没有潜意识的骚动。即使涉及情爱，那也是有始无终的情爱，或政治意识支配下的情爱，因此，所有的英雄皆戴假面具，所有呈现出来的人性皆不真实。

时过境迁，几十年过去之后，这些作品全都失去生命力，因为它们只在意识形态的表层滑动，没有潜意识深层的生命呈现。这是一种巨大的创作教训：只当意识世界的骄子，却当潜意识的瞎子，其创作注定失败。

我还要讲讲中国作家的第三个大盲点。

（三）只知已完成的客观世界，不知未完成的个体世界

首先我要向同学们坦白，在未阅读苏联革命帝国的文学理论大家巴赫金之前，我也属于这一项的盲人。巴赫金可谓苏联唯一的真正文学理论家，他提出了影响全世界的著名“复调小说”理论。其“复调”论的要点有三：一是狂欢即多声组合。单调小说只有独白，只有一种声音。而复调小说则是多种声音的合鸣与交响，也可称为“众声喧哗”，如同狂欢节。复调小说超出某一种语言、一个声音的统一性。复调论的要点之二是对话即悖论。凡复调小说不仅有多种声音，而且一定有对立声音的论辩，即互相矛盾、互相冲突的声音并存并举。例如《卡拉马佐夫兄弟》中的伊凡，他一方面热烈地赞美上帝，其赞美的理由是充分的：

上帝慈悲，上帝仁厚，上帝爱每一个人。但他转而又谴责上帝，其谴责的理由也是充分的：既然上帝那么伟大，那么，为什么他所创造的人间却有这么多苦难，这么多痛苦，这么多不公平与不公正。两种完全不同的论调构成一种心灵的张力场。巴赫金的复调理论还揭示了第三点，这就是凡是具有个性的心灵，一定是“未完成”的心灵，即未固定、未确定还处在寻找中与发展中的心灵。单调小说再现的是客体世界，而复调小说呈现的不是客体世界，而是人的世界和个性世界。前者可以完成，后者则不会终结，不可能完成。巴赫金在《陀思妥耶夫斯基的诗学问题》第二章阐释了这个重大论点。他以陀思妥耶夫斯基为例，说明对于陀氏而言，重要的不是主人公在世界上是什么，而首先是世界在主人公心目中是什么。这样的主人公对世界的认知（主人公意识中的真理）永远不会结束，即永远不可能穷尽，不可能完成。

巴赫金说：

> 一个人的身上总有某种东西，只有他本人在自由的意识中才能揭示出来，却无法对之背靠背地下一个外在的结论。

他还说：

> ……所有的主人公都激烈感到自己内在的未完成性，感到自己有能力从内部发生变化，从而把对他们所作的表面化盖棺论定的一切评语，全都化为谬误。只要人活着，他生活的意义就在于他还没有完成，还没有说出自己最终的见解。……陀思妥耶夫斯基的主人公总是力图打破别人为他所建立的框架，这框架使他得到完成，又仿佛令人窒息。

在巴赫金的论证中，陀思妥耶夫斯基之所以伟大，就在于他不接受他人预设的框架与结论，即在于他对“活人”的未完成性与不确定性具有一种深刻的认识，因此，他笔下的人物，总是他者不可重复和不可模拟的，即充分个性化的人与心灵。而我国的广义革命文学，从茅盾的《子夜》开始，它的问题恰恰是接受外部提供的框架与结论（《子夜》接受的是关于中国社会性质论辩中马克思主义派的结论，然后以此结论构思小说的情节与人物）。在《子夜》里，所有的人物都是性质确定与性格完成了的。《太阳照在桑干河上》也是如此。其故事框架与主要人物，都是土改政策的形象转达。无论是贫下中农还是地主，都没有未完成的内心，而只有早就确定的“阶级本质”。这种“完成式”的写作，成了五十年代小说创作的基本模式。

今天所讲的文学三大盲点，只是举例说明，其实，中国当代作家之盲，远不在此。但仅从三方面的不知不明，就足以使我们的文学丧失个性与活力。

第十一讲　文学的拐点（转折点）

（一）文学史上的转折现象

文学的拐点，只是个通俗的说法。如果作点书面化的表述，便是文学的“转折点”。正如哲学上讲“矛盾”、“悖论”、“二律背反”，其实三个概念是一个意思，只是通俗一些和哲学化一些的不同表述。文学发展到一定时候，它会拐弯，发生转折。对于文学思潮的研究，归根结底是对文学拐点与转折点的研究。例如，我们常说的“悲剧”，在古希腊那是“命运的悲剧”，如《俄狄浦斯王》，先知预言他将发生“杀父娶母”的不幸。他拼命逃脱这个预言结果还是陷入这种命运。这是无可逃遁的宿命。这是发生在两千多年前的“命运悲剧”。那是“神”主宰一切的时代，“人”无能为力，也无可逃脱。文艺复兴之后，我们看到的悲剧，如莎士比亚的四大悲剧，则是“性格悲剧”，无论是哈姆雷特、奥赛罗，还是麦克白、李尔王，他们都是“人”，其悲剧，都是性格所决定的。这个时期作家的理念是“性格决定命运”。到了近代，则出现了巴尔扎克的《高老头》、福楼拜的《包法利夫人》、司汤达的《红与黑》、托尔斯泰的《安娜·卡列尼娜》等等，这些作品也可以称作悲剧，但已不算命运悲剧或性格悲剧。正像《红楼梦》一样，大家都认定它是悲剧，但没有人把它界定为“命运悲剧”或“性格悲剧”。若称它为“关系悲剧”，就更为贴切一些。王国维的《红楼梦评论》就说林黛玉之死，乃是“共同关系”的结果。也就是说悲剧是日常生活人际关系合力的结果，鲁迅说，写实的悲剧是“几乎无事的悲剧”，即人们在平平常常的生活中，发生“关系”，相互作用，动机都是“善”的，性格也无可挑剔，结果就产生了悲剧。所以称这种悲剧为“关系悲剧”也有道理。综上所述，就可以说，从命运悲剧到性格悲剧，是一个“拐点”；从性格悲剧到关系悲剧又是一个拐点。至于在拐弯（转折中）中哪一个作家的哪一部作品起了关键性的作用，那是需要研究和探讨的。

悲剧有许多“拐点”，喜剧同样也有许多拐点。喜剧开始于丑角戏，那是“滑稽”，那是“讽刺”。讽刺剧之后是“冷嘲”剧，“冷嘲”之后则是“幽默”，幽默之后又是“黑色幽默”。那是令人落泪的幽默。还有“怪诞”等，也属于“喜剧”的大范畴。一部喜剧发展史，大体上是喜剧的拐点史。喜剧的几度转折，最后产生《堂吉诃德》《西游记》《儒林外史》等杰作。

（二）中国文学的拐点

中国文学与西方文学有很大的不同。中国文学以“诗”、“文”为正宗，以戏剧、小说为邪宗。而西方文学的主脉一直是戏剧与小说。

因为以“诗”、“文”为正宗，所以诗的拐点也正是文学的拐点。中国的诗原是古诗，也称古体诗。从古体诗变为近体诗，这就成了一大拐点。在此拐弯中，律诗的出现便是一个关键点。古体诗有三言、四言、六言诸体。律诗则只有五律（五言）与七律（七言）。两种律体都有押韵与平仄的规定。诗发展到唐代便走向高峰。那么，唐诗如何走向宋词？这又是一个“拐点”。要说明这个拐点，就得研究词是怎样发生与发展。我读过卢翼野先生一篇研究词的文章，他说，从诗到词的转折，重要的是“乐”的需求与参与。乐包括“古乐”、“胡乐”、“俚乐”（民间歌声）。由于乐的影响，“词”便逐渐成为独立的文体。这种文体本身的发展又有自己的拐点。词论家说：“词至北宋而大，至南宋为精”。那么在向“大”向“精”发展的路上，谁又是扭转词性与词风的拐点呢？卢文说，这其中有四个关键点：（1）宋初，有晏殊写的保守五代十国之旧作风；（2）到了柳永，便开“慢词”之源；（3）苏东坡横扫绮罗香泽之习，这是词的“变正”；（4）周邦彦完成了词的文章与音乐的结合。但卢文没有提到李后主李煜。王国维先生的《人间词话》则把李煜视为中国词史上的一个大转折点。他说，到了李后主，词的格局始“大”。这说明，确定文学的“转折点”（拐点），不同的文论家会有不同的看法，争议是难免的。

中国的小说发展，也有自己的“拐点”。从《山海经》这种小说胚胎，变成《世说新语》小故事，再发展为“话本”，最后变成叙事性小说。这一过程的“拐点”在哪里？大可研究。小说拐弯的历程中，佛教“变文”的传入产生了什么影响？哪部小说的出现真把叙事艺术带入长篇？梁启超提倡新小说之后，中国小说产生了什么“突变”？等等问题，都值得我们探讨。

（三）西方文学的拐点

西方文学的“拐点”内涵，更多地表现为文学思潮的转折。例如从古典主义（真古典主义→伪古典主义）到浪漫主义的转折；从浪漫主义到自然主义的转折，从自然主义到写实主义的转折，从写实主义到荒诞主义的转折，都是大拐弯。在这些大拐弯中，哪一位作家的作品称得上“拐点”即转折的标志，文学史家的看法常有分歧。例如从古典主义思潮转向浪漫主义思潮，有人说拐点是雨果（法国），有人说是拜伦（英国），也有人说是斯达尔夫人，甚至有人说是始于卢梭。其实，浪漫主义，作为冲击“完美”古典主义的革命文学运动，它在不同的国家中有不同的重心和不同的形态。在法国，雨果无疑起到杠杆作用；但卢梭何尝不是“动力源”之一；在英国，济慈、拜伦、雪莱都可视为浪漫先锋。三者谁为首席，不易说清。而在德国，歌德的《少年维特之烦恼》可视为“拐点”；在西班牙，其浪漫主义显然受英国与德国影响但谁为始作俑者，则不明显；在意大利，其浪漫文学，原是受宗教影响较烈，其特点与英法又有不同。

（四）自然转折与人为转折

在研究“文学拐点”时应当注意自然拐点和人为拐点之分，也就是注意自然转折与人为转折的不同特点。

自然转折是文学发展到一定时候，某种文学形式发展到饱和状况，难以继续前行，那么“钟摆现象”，从此一方向转向彼一方向。而人为转折则带有“改革”与“革命”形态，这乃是一些作家对文学现状不满而刻意推动的文学转型。我对这两种不同形态的拐弯，均不作笼统的价值判断，只看转折的后果是推动文学前行还是障碍文学的自由。但是，一般地说，自然转折才是正道，而人为转折即革命形态的转折，往往会破坏文学本身。

因为文学乃是充分个人化的精神活动，而且是纯粹的精神活动。它本来是无须革命的。我一再说，文学是心灵的事业，是一个字一个字从心灵深处流出来的事业，并不是外力可以控制的事业。今天我还要说，即使是推动文学进步的改革活动即人为拐弯活动，例如五四新文学运动和新文化运动，那也是需要创作实迹才能实现拐弯的。那个时代，固然有陈独秀的《文字革命论》和胡适的《文学改良刍议》打先锋，但是，如果没有之后出现的鲁迅新白话小说和胡适、郭沫若的新白话诗，那也实现不了文学的转折。所以我提出一个论点，即创作先于转折。最好是像卡夫卡那样，先有了《变形记》《审判》《城堡》这些创作，然后才谈得上从浪漫写实文学到荒诞文学的转折。二十年前，我和李泽厚先生发表长篇对话录《告别革命》，不再认同“革命是历史的火车头”这种理念，今天，我还可以补充说，革命也不是文学转折的动因，即不是文学发展的火车头。创造文学拐点的人，毕竟是那些真正的作家与诗人。雨果、济慈、拜伦、雪莱、卡夫卡等等，他们都先是文学创造者，然后才是文学转折的代表性人物。

（五）作家个体创作的拐点

上边所说，均是文学整个的转折拐弯现象，即多少带有“文学思潮”与“文学风气”的特点。下边要说的，不是文学整体现象，而是作家诗人个体的“拐点”与“转折点”。

作家诗人个体，他们的文学创作中，或由于国家变故，或由于个体人生变故，也会发生大拐弯与大转折。而转折的方向有朝前进步而更辉煌的，也有朝后退步而彷徨无地甚至一落千丈的。

前者可以李煜为典型。他原是后唐君主，在宫廷中就写诗词，但是当时他或为太子或为国君，过的日子都是征歌逐舞。沉湎声音，所写下的也都是艳情与伤情，内容平庸，脂粉气很重，与花间词派的基调没有多大差别。后唐被宋灭后，他的个体人生随着“国家”发生巨大变故，从帝王变成囚徒，因此，其词也发生了大转折。转折之后的词与转折之前的词风词色完全不同。亡国之前，他的词可以《玉楼春》《菩萨蛮》为代表，前者云：“晚妆初了明肌雪，春殿嫔娥鱼贯列。笙箫吹断水云间，重按霓裳歌遍彻。临风谁更飘香屑，醉拍阑干情味切。归时休放烛花红，待踏马蹄清夜月。”后者写道：“花明月暗笼轻雾，今宵好向郎边去。刬袜步香阶，手提金缕鞋。画堂南畔见，一向偎人颤。奴为出来难，教君恣意怜。”这首诗写的是他与小周后的月夜幽会。深院邂逅，席间调情，卿卿我我，依依难舍。说到底，也只是艳情艳词。而亡国之后，李煜词则一扫前期的柔糜气息，把家国的苦难与天下苍生的苦难连在一起，如基督、释迦那样担负起人间罪恶，所以才写出“问君能有几多愁，恰似一江春水向东流”的惊天地、泣鬼神的诗句。李煜词的拐点是“亡国”，亡国导致他帝王的巨大落差（从帝王变囚徒），这种落差又进入他的心灵促成他的心灵转折最后又化为词风的转折。

李煜人生与词作的拐点是非常积极的拐点。中国人常说的“国家不幸诗家幸”在他身上全都应验了。但也有国家变故与人生变故造成消极的拐点的。例如张爱玲，她在新中国成立之前，于青年时代就写出《金锁记》与《倾城之恋》等天才之作。可是，新中国成立之后，她彷徨无地，逃离到香港后，她又被生活所迫，不得不放弃原来的“美学立场”，拐到她原先反对的立场上去，用政治话语取代文学话语，写了《秧歌》与《赤地之恋》，把自己的作品变成宣传品，其创作再也没有文学价值可言。张爱玲这一拐弯，可以理解（生活所迫），但让人感到可惜。她的拐点显然是失败的拐点。与之相似，许多作家在另一个方向上也拐了个弯。文学创作均从理念出发，无血无肉。整部小说乃是政治意识形态的形象转述。即从为艺术而写作转变成“为政治而写作”，浪费了自己的才华。

今天讲述“文学的拐点”，目的是给同学们提供一个新的视点，即新的观察点。

第十二讲　文学的制高点

（一）文学高峰现象

文学的制高点，是指文学的高峰。这是每个作家所追求的目标。作家的立志，立的便是“高峰之志”。作家的梦，也是“高峰梦”。“会当凌绝顶，一览众山小。”这是杜甫歌吟泰山的诗。我们今天所讲述的正是什么才算登上了文学的“凌绝顶”，作家登上“凌绝顶”如何可能。什么是文学的高峰？我们可以作出的一种回答，凡是能够代表一个民族或整体人类的精神水准并能够成为一个民族或整个人类共同仰慕、阅读、长久传颂的文学经典，都可称之为“文学高峰”，或“文学制高点”。例如荷马的史诗（《伊利亚特》与《奥德赛》），希腊的悲剧（《俄狄浦斯王》等），但丁的《神曲》，塞万提斯的《堂吉诃德》，莎士比亚的四大悲剧，巴尔扎克的《人间喜剧》，雨果的《悲惨世界》，拜伦的《唐璜》，歌德的《浮士德》，托尔斯泰的《战争与和平》，陀思妥耶夫斯基的《卡拉马佐夫兄弟》，卡夫卡的《变形记》，贝克特的《等待戈多》等等。这是世界文学公认的高峰。中国文学的高峰，则有诗经、楚辞、汉赋、唐诗、宋词、元曲，明清小说等。就诗人作家而言，则有屈原、陶渊明、李白、杜甫、李煜、苏东坡、汤显祖、吴承恩、曹雪芹等，这些名字都标志着文学的制高点。如果我们再进行分类，那么，可以说，中国的贵族文学，高峰有屈原、李煜、曹雪芹等三座。山林文学的高峰则是陶渊明、王维、孟浩然等。倘若再细分，那么中国的爱情诗、边塞诗、颂歌、挽歌等都有自己的高峰。诗有诗的高峰，词有词的高峰，散文有散文的高峰，小说有小说的高峰。

（二）文学高峰有无标准?

那么，高峰有没有标准？更具体地问：有没有客观标准？有人认为，没有。中国有句话说：“情人眼里出西施”。也就是说，对美人的判断是主观的。对文学的判断也是如此。各有各的评判标准和审美趣味。古人说“燕瘦环肥”，讲的是汉代以“瘦”为美，认为像赵飞燕那样瘦才算美（赵是汉成帝刘骜的第二任皇后）。到了唐代，则以“胖”为美，认定唯有像杨玉环那么“肥”才美。宋以后又不喜肥，甚至认为瘦得有点病态才美，《红楼梦》中的林黛玉十分瘦弱，而且有肺痨病，却被许多人认定为绝世美人。托尔斯泰也不喜欢强悍的女人，他希望理想的女人应当瘦弱，甚至常常有点病。可见，审美带有主观性，而且有动态性（即有变迁）。鲁迅说，对于同样一部《红楼梦》，革命家看到的是“排满”，道学家看到的是“淫”，贾宝玉看到的是许多人的“死亡”。莎士比亚是世界公认的文学高峰，但另一位伟大作家托尔斯泰却不喜欢，他批评莎士比亚笔下的人物说的话都是一个腔调，连仆人口里的语言也如诗歌。可见，两位文豪之间的审美标准是何等不同。后人猜测托尔斯泰排斥“莎”的种种原因。我说过，可能是两个。一是托尔斯泰不满莎士比亚对基督教的轻蔑态度；二是守持写实主义的托尔斯泰不满莎士比亚的浪漫笔调。总之，美学是“有人美学”，而非“无人美学”。因为有“人”，才有善与恶，才有美与丑之分，这乃是真理。说美具有纯粹客观性，这不对。

然而，美与文学就没有客观标准了吗？高峰没有客观标准吗？不。那些经过大浪淘沙，经过时间淘汰而让千百代人所喜爱的作品，例如李白、杜甫、苏东坡的诗，例如李后主的词，例如《西游记》《红楼梦》等小说，大家都喜欢，批评抹不掉，它们确实有种永恒性的魅力。这里，实际上有种客观标准在起作用。

那么，什么是衡量“高峰”（经典）的客观标准呢？意大利著名的小说家卡尔维诺（已故）提出关于经典的十三个标准。我在《文学常识二十二讲》里已引述过。他的论述最值得注意的是说经典可以“不断重读”，即常读常新。也就是说，经典是那些经得起不断进行审美再创造的作品。

近日，韩少功先生到我校作学术访问。这期间，他到中文大学作了演讲，说经典有三个标准：一是“原创的难度”；二是“价值的高度”；三是“共鸣的广度”。我对“三度”解释道，原创的难度只要想想乔伊斯的《尤利西斯》和吴承恩的《西游记》就明白了。《尤利西斯》一扫过去的创作程式，那么长的长篇，书写的仅仅是一天的故事。他还创造了“意识流”的全新写作方法。难怪一问世就遭到禁锢与排斥。还有《西游记》，过去的小说，要么写“人”，要么写“鬼”，而它则把天、地、人、佛、神、鬼、妖怪等全都放入作品，融为浩浩荡荡的一炉，真是奇观。韩少功所讲的这三个标准中，我最感兴趣的是第三个，即“共鸣的广度”。所谓共鸣的广度，当然不是指“畅销量”，即不是当下市场的买卖指数。如果是指市场，那么，莎士比亚与托尔斯泰恐怕比不上现在年轻的中国网络作家。我猜想，“共鸣广度”应该是一个长远的标准，也就是说，它应该能够超越历史时间的阻隔，从而找到广泛的后世知音。而且，它还能冲破政治、宗教、民族的阻隔而找到各种知音。还有，它应当冲破老年、中年、青年、少年的年龄阻隔和这一代与那一代的“代沟”，而让人产生广泛的共鸣。就政治而言，不管是共和党人还是民主党人，也不管是共产党人还是国民党人，恐怕都喜欢《西游记》《红楼梦》，都会喜欢《罗密欧与朱丽叶》。我到意大利的维罗纳市，参观“朱丽叶与罗密欧”谈恋爱的那座房子，那里的朱丽叶的铜塑，已被千百万人的手指抚摸得胸部金光闪闪。我相信崇仰朱丽叶的人，有各种政治派别的差异，有各种政治理念的差异和各种民族、宗教的差异。不同政治党派与宗教党派都喜欢莎士比亚与托尔斯泰，这便是共鸣。王国维说好诗词应当“不隔”,“共鸣”也可以理解为“不隔”，文学经典就是那种不为政治、宗教、民族所隔的优秀作品。

为什么文学可超越政治、宗教、种族而产生广泛的“共鸣”？就因为普遍的人性。爱情，恋情，亲情，悲情，这是超越宗教与政治的人类共同情感。最激进的政治党派，也战胜不了人类的普遍情感。文学的力量就在这里。文学的经典的确具有“共鸣的广度”。我国前期当代文学如《红日》《红岩》《红旗谱》《青春之歌》等，只可能成为特定年代的代表作，不可能成为具有共鸣广度的经典，原因就在此。

（三）中国美学家眼中的文学制高点

中国的美学家，如钟嵘(《诗品》)和陆机(《文赋》)等，把诗人分为若干等级，并规定了最高等级。今天时间有限，只讲两位现代美学家的高峰尺度。

一是李泽厚的高峰尺度。他在解述“审美形态”时说，把审美形态分为三级。较低的一级的作品只能“悦目悦耳”；中间的一级则可“悦心悦意”；最高的一级则可“悦神悦志”。

第一级只是感官的愉悦，属于生理性愉悦，当然比较低级。第二级则是内心愉悦，属于心理性愉悦，这就较为高级了。最高级的悦神悦志，这就完全超世俗而进入灵魂深处。“心有灵犀一点通”了。他解释道：这大概是人类具有的最高级的审美能力了……悦志悦神是在道德的基础上达到某种超道德的人生感性境界。……所谓超道德，并非否定道德，而是不受规律包括不受道德规则、更不用说不受自然规律的强制、束缚，却又符合规律（包括道德规律与自然规律）的自由感受。悦志悦神与崇高有关，是一种崇高感。

李泽厚先生的这段解说，是在说明，最高级的审美能力和审美感受（这当然包括文学艺术提供的审美感受），应是一种超越道德超越自然规律又符合道德和自然规律的自由感受。这是超世俗、超人间的与天地相通、与神志共鸣的境界。伟大的作家诗人，他们抵达文学的制高点，在精神层面上就得抵达“悦神悦志”的天地境界。这是把文学情感提升到精神的顶端，即只可领会很难口传的顶端。人们用“说不尽的莎士比亚”来形容莎士比亚，就因为莎士比亚代表文学顶端那种让人阐释不尽的精神内涵。

在李泽厚先生之前，朱光潜先生在《谈文学》一书中，则具体讲述了写作“四境”，也就是说，写作也要攀登最高境界。如果说，李泽厚是从宏观上把握文学境界，那么，朱先生则是在微观上把握文学境界。他说写作可分为“四境”，写作者一般都得历经这四境而抵达高峰。这四境是“疵境”、“隐境”、“醇境”、“化境”。制高点是“化境”。朱先生的说法，对我们这些刚走进文学之门的学子特别相宜。他以写字做比喻解释说：

> 文学是一种很艰难的艺术，从初学到成家，中间须经过若干步骤，学者必须循序渐进，不可一蹴而就。拿一个比较浅而易见的比喻来讲，作文有如写字。在初学时，笔拿不稳，手腕运用不能自如，所以结体不能端正匀称，用笔不能平实遒劲，字常是歪的，笔锋常是笨拙扭曲的。这可以说是“疵境”。

朱先生说经过不断炼笔，字才能写得平正工稳，合乎法度，进入“隐境”；再苦练下去，不仅工稳，而且有美感，这便是“醇境”。最后才抵达高峰进入“化境”。朱先生说：

> 最高的是“化境”，不但字的艺术成熟了，而且胸襟学问的修养也成熟了，成熟的艺术修养与成熟的胸襟

学问的修养融成一片，于是字不但可以见出纯熟的手腕，还可以表现高超的人格；悲欢离合的情调，山川风云的姿态，哲学宗教的蕴藉，都可以在无形中流露于字里行间，增加字的韵味。这是包世臣和康有为所称的“神品”、“妙品”，这种极境只有极少数幸运者才能达到。

朱光潜先生所说的“化境”，也就是我们这堂课所讲的“制高点”。无论是李泽厚先生所说的“悦神悦志”之境，还是朱光潜先生所说的“化境”，都告诉我们，写字，作文，创造经典，道理是相通的。要攀登文学艺术的高峰，首先从境界上去占领“制高点”，实现技巧和精神的高度融合，实现手腕、人格、情调、姿态、意蕴、神志的完美合一。

第十三讲　文学的焦虑点

（一）文学的焦虑点

不同的人会有不同的焦虑。从事政治的，焦虑的往往是官位坐不稳；从事经济的，焦虑的往往是企业亏损或工厂倒闭；从事教宗的，焦虑的往往是信徒不真诚；而从事文学、艺术、体育的，焦虑的则是如何突破自己的水平线。如果你有一个作家朋友，而且他是一个好作家，那么，你问他，你的焦虑是什么？他大约会回答：如何突破自己，超越自己。现在伪作家很多，他们想的是出名、赚钱、当官，其焦虑内容我们无须谈论。我们要探讨的只是好作家、认真的作家会有什么焦虑。我相信，好作家的唯一焦虑是写不出好作品，是难以突破自己，超越自己。

（二）何其芳问题及其烦恼

我寄寓的中国社会科学院文学研究所，原来的所长（长时期担任所长）何其芳，是一个很著名的诗人，一个很真诚的作家。后来他投奔延安，参加革命，在政治上很受信任，曾担任朱德的秘书。一九四九年之后，他一方面从事行政工作，一方面继续从事创作。但是，到了一九五六年，他逐渐产生一种焦虑，即他发现自己的创作很难突破，因此，他在自己的散文集序言中正式提出一个问题：为什么我的思想上进步了，但艺术上却退步了。他的原话如此说：

> ……我的心境却实在不能用别的字眼来说明，只有叫作难过……我发现了这样一个事实，当我的生活或我的思想发生了大的变化，而且是一种向前迈进的时候，我写的所谓散文或杂文都好像在艺术上并没有进步，而且有时甚至还有退步的样子。

何其芳这段话写于一九五六年，那时他已投身革命十多年了。他是诚实的，敢于承认“思想进步，艺术退步”的事实，并为此而难过、苦恼和焦虑。他是真正的诗人，所以焦虑的不是政治地位的升迁，而是艺术上有无前进。揪住他心灵的，是艺术上退步了。这是真诗人的焦虑。

何其芳的这种焦虑，可能是当时一些好作家普遍性的焦虑，但很少见到如此坦率的表述。我自己在一九七八年“四人帮”垮台后所召开的那次“文代会”上，才有幸听到许多真诚的表述。那次会议最后的节目是国家领导人的接见。因为领导人未能准时出席，我和一些作家便从站立着等待变成坐下来说话。我身边是那位写过《不能走那一条路》（著名短篇小说，后来又写长篇小说《大河奔流》）的作家李准。他知道我是文代会主题报告的起草人之一，就主动地对我说了一席极为诚恳的话：“再复同志，你是明白人。而我却一直当不了明白人……我知道文学不能这样写。不安，痛苦，焦虑，但一着笔，还是按照原来的路子去写。结果总是原地踏步，写出来的东西连自己也不想看。”他的这一席话给我很大的震撼，上中学时，我就读他的小说。他的名声那么大，可是心里却有那么重的焦虑。和李准那次相逢，听李准那席老实话，我想了很久，并知道，老实的作家，他们焦虑的只是自己的作品，自己的水平。对他们来说，外在的名声并不重要，这就是“文章千古事，得失寸心知”。对于作家来说，折磨寸心的得与失，就是“文章”。

（三）焦虑的爆炸与作家的自杀

写出好作品，突破（超越）自己，这是好作家最内在、最深刻的焦虑。这种焦虑如果长期不得释放，就会产生消灭自己（自杀）或面临深渊的恐惧。有些著名的作家在功成名就之后突然自杀，如俄国（苏联）的法捷耶夫、马雅可夫斯基，如日本的川端康成等，许多人研究他们的死因，但都无法了解他们自杀的最隐秘、最深刻的原因。就以法捷耶夫而言，他原是苏联的一位极为优秀的小说家，其代表作《毁灭》，鲁迅译成中文后自己爱不释手，给予很高的评价。后来，法捷耶夫又写出另一代表作《青年近卫军》。但是，他成了斯大林手下掌管苏联文坛的文艺官僚（担任苏联作协总书记）后，其创作却无法长进，他被困死在自己参与制造的各种囚牢中，其痛苦和焦虑有多深，无人说得清，最后他选择了自我毁灭。从写作《毁灭》到走向“自我毁灭”，其道路令人惊心动魄。自我毁灭之前，他给苏共中央写了遗书，此信是他内心焦虑的总爆发，说的全是真话心里话，他说：

> 上苍赋予我巨大的创作才能，我原本应当为创作而生。可是，我像一匹拉车的老马那样被驱使着，把所有的精力都消耗在那些谁都会做的平庸的不合理的官僚事务之中。甚至现在当我总结自己一生的时候，多少呵斥、训斥、训诲向我袭来，而我本应是我国优秀人民引以为荣的人，因为我具有真正的、质朴的、渗透着共产主义的天才。文学——这新制度的最高产物——已被玷污、戕害、扼杀。暴发户们在以列宁学说宣誓时他们的自负就已背离伟大的列宁学说，令我对他们完全不信任……

法捷耶夫的遗书值得我们一读再读。他最后走上自我毁灭之路，完全是焦虑发展到极限即焦虑爆炸的结果。他深知自己具有创作才能，也应当走文学创作之路，然而，那个庞大的政治组织却压抑他的才能，让他陷入无益平庸的官僚事务之中，他不仅消耗了本可以创造的生命，而且招惹了其他人的嫉妒与打击。一个真正的作家对此不能不陷入严重的苦闷和焦虑，而这种大苦闷与大焦虑又无处可以解脱，那就只能自杀了。

请同学们注意，我国也有一些法捷耶夫式的拥有创作才能的文艺界领导人，但他们都缺少法捷耶夫式的巨大文学良心与刚毅的自由精神，即缺少可以为文学去死、去自我毁灭的精神。也不乏有人晚年有所觉悟并有所忏悔，内心也充满苦闷和焦虑，但其对文学的真诚度和酷爱度还是无法与法捷耶夫相比。为什么？这正是值得我们反省之处。

法捷耶夫于一九五六年自杀，过了十六年，日本获得诺贝尔文学奖的著名作家川端康成自杀。关于川端康成为什么自杀，研究的文章很多，有的还加以归纳，说明可能有六种原因。这六种是：（1）死于病魔缠身；（2）死于安眠药中毒；（3）死于思想负担过重；（4）死于精神崩溃和文学危机；（5）死于三岛由纪夫自杀的打击；（6）死于支持秦野章竞选的失败。自杀的缘由往往是综合性的，上述的原因可能都道破了川端康成自杀的部分原因，但我认为，他的自杀肯定与第三点、第四点有关，即所谓思想负担过重、精神崩溃、文学危机。因为川端康成获奖后日本举国庆贺，连裕仁天皇也通过宫廷的一名高级官员和佐藤首相亲自打电话表示祝贺。可是，他在盛名之下其实难副。

获奖之后再也写不出传世经典了。他一直坚持唯美主义的创作路向，以虚幻、悲哀、颓废为自己的创作基石，获奖后，其颓废主义加速发展，病态心理和色情描写更为浓烈，显然，他已找不到突破自己的出路，于是，便为大苦闷与大焦虑所压倒。我想，这才是川端康成自杀最内在的原因，至少是重要原因之一。川端康成是一个真正的文学家，他固然为日本的战败而忧伤，但一定把文学当作自己的第一生命。文学上发生危机，再也拿不出与自己盛名相符之作品，这才是他的第一焦虑。

（四）从焦虑到恐惧

文学的焦虑不一定都会导致爆炸即导致作家的自杀，在通常的情况下，“不能超越自己”的焦虑却会引发好作家另一种心理变态，这就是恐惧。害怕写作原地踏步，害怕创造活力枯竭，害怕生命消失于碌碌无为之中，害怕生活在名声的阴影之下而灵魂却未能生长，等等。所有这些“害怕”都是“恐惧”。

我读曹禺的女儿万方回忆父亲的文章（题为“我的父亲曹禺”），发现曹禺晚年内心产生“恐惧”。曹禺是我国现代文学史上最卓越最有成就的戏剧家。其戏剧天才几乎有口皆碑，可是，后来他的戏剧创作未能突破自己，为此，他常生苦闷。万方在回忆文章中如此说：

……“文化大革命”时期，我爸爸被打倒，被揪斗。有一段时间，被关在牛棚里白天扫大街，晚上不能回家。他曾回忆说：“我羡慕街道上随意路过的人，一字不识的人，没有一点文化的人，他们真幸福，他们仍然能过着人的生活，没有被辱骂，被抄家，被夺去一切做人应有的自由和权利。”后来放他回家了，他把自己关在屋里，能不出门就不出门，吃大量的安眠药，完全像一个废人。

粉碎“四人帮”后，我爸爸恢复了名誉，担任了很多职务，参加很多社会活动。但他最想做的是写出一个好剧本。在他的内心，他始终是一个剧作家，他的头脑就像被鞭子抽打的陀螺，一刻不停地转，我爸爸这一生从来感受不到“知足常乐”和“随遇而安”的心境。晚年的日子里，他一直为写不出东西而痛苦。这种痛苦不像“文革”时期的恐惧那样咄咄逼人，人人不可幸免。这痛苦是只属于他自己的。

万方理解她的父亲，准确地写出曹禺在恢复名誉、重新赢得各种头衔之后仍然感到痛苦，这种痛苦是“想写出一个好剧本”而写不出来。这是他唯一的焦虑。有名誉了，有地位了，但这些世俗的东西不能使他快乐，唯有写出一个好剧本，他才能快乐。万方甚至道破了“恢复名誉”后父亲有一种恐惧，这种恐惧不是“文革”中那种暴力恐惧，而是他内心难以解脱的痛苦。这便是不能突破自己的痛苦。这个女儿太了解伟大剧作家的父亲了。

曹禺这种心境，我在卡夫卡身上也早已发现。卡夫卡是个天才。他扭转了世界文学的杠杆，把以写实、抒情、浪漫为基调的文学改变成以荒诞为基调的文学。他生前默默无闻，但也默默地洞察世界与人生。他全身心地投入文学，竟也常常为不能突破自己而感到恐惧。他清醒地认识到，唯有这种恐惧，才是对文学的挚爱与真诚，所以他把这种属于自己的恐惧视为内心最美好的部分，并为之倾注全部智慧。他说：

> 我的本质是恐惧，确实，恐惧是我的一部分，也许是我身上最好的那部分。完全存在对恐惧合理的承认，比恐惧本身所要求获得的还要多，我这么做并不是由于

任何的压力，而是欣喜若狂，将自己的整个身心全部地向它倾注。

卡夫卡这段话里所讲的“恐惧”，乃是内心的焦虑，并非外部的“压力”。（正如万方所言，父亲的痛苦属于他自己。）可以肯定，这是“突破自己”的焦虑。所以他说这是生命中最好的部分。不错，有什么能比忧虑自己的创作如何突破更有价值，更值得引为自豪呢？一个真正的作家艺术家，他对自己的艺术未能进步会产生焦虑与恐惧，这与那些当不了大官、赚不了大钱而陷入困顿的政客和财主们相比，是何等高贵？！何等宝贵？！可惜这种内在的焦虑和恐惧感，也是人间最美的情操，快要灭绝了。人们正在疯狂追求权力、追求财富、追求功名，“世人都晓神仙好，唯有金钱忘不了”。人们疯狂追求荣华富贵，哪能想到另有一些真正的人，真正的作家和诗人，他们心中却有另一种焦虑，另一种恐惧。这是文学的焦虑与恐惧，这是何其芳、李准、曹禺、法捷耶夫、川端康成、曹禺、卡夫卡的焦虑。但愿在座的同学们，也永远只有这种高贵的焦虑，而少有世俗人那种为权力、财富、功名的煎熬与痛苦。

第十四讲　文学的衰亡点

文学有没有衰亡点？它为什么衰亡？这个问题看似简单，其实很先锋。鲁迅先生写过《诗歌之敌》的文章，探讨的正是诗歌衰亡的原因。中国人的民间智慧，常说“文章憎命达”，“穷而后工”，意思是说，作家诗人命运的坎坷，生活的艰难，有益于文学的兴旺，反之，生活的安逸发达，反而会导致创作力的衰竭。鲁迅先生好像也赞成这种说法，他在《诗歌之敌》最后的一段，讲述了法国国王查理九世豢养诗人文士的故事。这位国王曾赞助“七星诗社”，供养一些沙龙诗人。他说：“诗人就像赛跑的马，所以应该给吃一点好东西，但不可使他们太肥；太肥，他们就不中用了。”这位国王好像很懂得文学创作，他知道诗人一旦日子过得太好，就写不出好诗了。鲁迅接着还讲述了匈牙利著名诗人裴多菲的故事。这位著名诗人也这么认为，他在给 B. S2 夫人的照片题诗时说：“听说你使你的丈夫很幸福，我希望不至于此，因为他是苦恼的夜莺，如今沉默在幸福里。苛待他罢，使他因此常常唱出甜美的歌来。”裴多菲的意思也是，“幸福”可能导致诗歌的衰亡，苦恼倒是可以激发诗情。从鲁迅到裴多菲，都认为文学衰于发达，衰于安逸，衰于“幸福”。可见，文学的发展与经济的发展并不平衡。伟大的经济时代不一定产生伟大的诗人；相反，“国家不幸诗家幸”，国家的危难，倒是会推动好诗人的产生。

然而，有一点也是事实，即国家对创作的过分干预和权力对作家写作的过分强制，无论是神权强制还是王权强制，都会导致文学的衰亡。

（一）“文艺复兴”前的衰亡期

同学们知道，十五世纪前前后后，欧洲发生了著名的“文艺复兴”运动。为什么称作“复兴”，就因为原先“衰亡”

了。没有衰亡，谈何“复兴”？复兴之前，欧洲经历了长达一千年的“中世纪黑暗”。大家都知道西方经历过漫长的中世纪黑暗，但未必知道那时的文学艺术状况。西方历史学者通常把公元第五世纪后期至十五世纪后期称作中世纪，也就是把罗马灭亡之后到哥伦布发现新大陆这段时期。

这个时期很长。其历史主题是战争，不是文化。人们承认，罗马帝国灭亡之后没有文化。其实，灭亡之前数百年也只有战争、没有文化。那种血腥的斗兽场文化，恐怕只能称作“反文化”。至于文学艺术，我们不能说完全死亡，因为那个时代还有建筑艺术等等，著名的歌德式建筑，就产生于中世纪。然而在漫长的中世纪，文学停顿，则是事实。现在，中世纪文学艺术的停顿，已是全世界的“共识”，中世纪这个文学的衰亡点是无可争议的。那么，我们要问，是什么原因导致文学艺术的衰亡？其原因也基本上有了共识，那就是中世纪神权的绝对统治。中世纪欧洲，长期政教合一，“神”既是思想的绝对权威，也是社会的统治权威。在神权的绝对统治下，作家艺术家没有任何自由思想的可能。我曾说，天才都是个案，即使文字狱最猖獗的时代也可以产生曹雪芹，伟大的经济时代不一定会产生伟大作家，黑暗的时代也可以产生文学的火炬。然而，欧洲的中世纪，神权的思想控制严严实实，连天才都没有出现。有人说，中世纪也产生了圣·奥古斯丁（三五四年—四三〇年），不错，圣·奥古斯丁确实不同凡响，他的《上帝之城》与《忏悔录》，确实影响巨大且极为深远，这两部著作充满生命激情，近乎文学，但那是单一的对于神的激情，有人称之为“神学的靡靡之音”，“宗教的滥情”，并不为过。打开《忏悔录》，我们听到的是一片神的颂歌和一片宗教的谀辞。书中有心灵，但那是被神所缩小、卑微到极点的心灵；书中有想象力，但那是对神的权威之无限夸大；至于审美形式，那完全没有，我们感受不到任何文学语言的美感与人性的真实及人类生存处境的真实。从罗马帝国灭亡到十五世纪，整个欧洲，就可怜兮兮地产生奥古斯丁这样的“文学”，神性的“娘娘腔”。

中世纪这一文学的衰亡点说明，强权的压迫一定会导致文学之衰。因此，欧洲文艺复兴运动乃是西方精神的救亡运动，当然也是文学艺术的救亡运动。

最近几十年有一种为中世纪说话的思潮。说西方的中世纪也有文学甚至有史诗般的文学，例如也有德国的长诗《尼伯龙根之歌》，冰岛的《伊达》（包括《古伊达》和《新伊达》），北欧的《贝奥武甫》与《熙德之歌》等。

我们先不说这是“拔高”，只想说，欧洲中世纪历经一千年，只产生这些寥寥可数的作品，且没有产生巨大影响，这就如同大沙漠里的几棵树木，它不仅没有形成绿洲，更未改变沙漠的基本面貌。因此说中世纪的文学乃是一片沙漠，而且造沙漠的乃是神权风暴，这才是基本事实。在世界的现代史上，我们也可看的文学的衰亡点，先不说久远，就说二十世纪的西方，由于市场与机器覆盖一切，金钱的绝对统治就造成了西方“美的颓败”。早就有学者指出，现代的文学艺术家，包括文学编辑、文学翻译、文学出版，都面临“一仆二主”的困境。“仆”即文学，“主”则是政治意识形态和市场法则。先不说前者，以后者而言，当今市场法则在全球铺天盖地，文学退入边缘后退入绝境。资本的牟利机制导致的商品化，遍及一切领域，同样也入侵文化领域。市场机制成为压倒一切的逻辑，与它诉诸是非与伦理的判断无济于事，恐怕只有立法才能有所制约。但如何建立这样的法律来保障非功利的文学艺术创作？恐怕也只能是一纸空谈。

在我国，六十年代中后期和七十年代前半期，即“文化大革命”时期，也经历了一次文学的衰亡。那时，偌大的中国只剩下八个样板戏。文学、戏剧、音乐、舞蹈等，全归于此。文学艺术本有千种万种，呈现千花万卉才算正常。可是万千精神创造，只剩下八个“样板”，而“样板”又产生“高大全”、“三突出”等机械理念，强制作家艺术家遵守，这种情况，精神怎能不贫困，创造力怎能不衰竭？

“文化大革命”之后的“新时期文学”实际上又经历了一次中国的文艺复兴。八十年代的“精神爆炸”（包括文学热、文化热、美学热、艺术热）实际上又是一次精神的救亡运动。我在八十年代，充当“弄潮儿”，大战“苏式教条”，其动力正是面对“文化大革命”的文学衰亡而产生的更新热情。有衰亡就有“反抗衰亡”，西方如此，中国也如此。

（二）文学衰亡的内部原因

导致文学衰亡，除了强权、市场等外部原因之外，还有其内部原因，即作家主体的原因。这原因大约有以下几种。

一是作家“太开窍”（即太聪明）。《庄子》里有一篇文章，谈南海之帝（倏）与北海之帝（忽）俩兄弟到中央之帝（混沌）那里做客，混沌盛情款待。倏与忽感动，说混沌很好，就是不开窍。于是，用凿子去帮混沌开窍，结果混沌“七日而亡”。混沌本来活得好好的，一开窍就死。作家本应保持一点“混沌”，即保持天真天籁状态才好。如果作家太聪明、太开窍，就会与混沌同命运。所谓太开窍，是指对世俗的荣华富贵“太开窍”，拼命追逐权力、财富、功名等。这样，作家就会丧失自己的本真精神，也就没有灵魂。

二是作家“太依附”。作家诗人最宝贵的精神品格是独立不倚，即不依附任何集团、机构，包括政府，从而拥有灵魂的主权。有了这一前提，才能谈得上作家主体性和创作的原创性等等。庄子的《逍遥游》里提出的核心概念是“有待与无待”。所谓有待，就是有依赖，有依附；所谓无待，就是不依赖、不依附。庄子认为自己和列子的区别就在于此。因为他“无待”，所以得大自由。作家诗人一旦依附性太强，就会失去灵魂的活力。

三是作家“太势利”。好作家，一定有大慈悲精神，大悲悯精神。而一旦生长出势利眼，即精于分别，精于算计，贵贵贱贱，只看重“贵人”即权势者，而看不起穷人与弱势者，其聪明只在于分别敌我，分别贵贱，分别尊卑，分别内外，不可能爱一切人和理解一切人。作家一旦长出势利眼，就会丧失作家的基本品格。

四是作家“太无耻”。好作家总是心性正直、耿直、诚实。没有风骨，怎有风格；没有真诚，何来境界。作家一旦灵魂崩溃，一心讨好权贵，写作时便只能摇尾乞怜，装腔作势。无耻之徒，既不会有社会的同情心，也不会有真实的内心。

创作如果只迎合权贵的胃口，当然不可能正视黑暗，关心民间疾苦，更不可能直面“惨淡的人生”和“淋漓的鲜血”。

（三）文学衰亡的抗体

文学衰亡的抗体主要有三个。

一是心灵的抗体，也即性格抗体。前边所讲的《庄子》里的故事（混沌七日而亡），是要保持一点天真、天籁，不开窍的状态，这是“心灵的抗体”。《射雕英雄传》里的郭靖修炼到有点“傻”的状态，所以可以学会“降龙十八掌”，而黄蓉小聪明很多，所以只能学习打狗棒法。《三国志》里曹操说荀攸“智可及，愚不可及”，意思是说“愚”是很难修炼的。写作很寂寞，很苦，需要我们保留心灵的天真与质朴。所谓“混沌”，所谓“鲁”，所谓“愚”，都是心灵的抗体。

二是性情的抗体，如耿介与正直。俄罗斯思想家别尔嘉耶夫(Nicolas Berdyaev)写了一篇《俄罗斯的灵魂》的文章，认为俄罗斯人追求神圣，不追求正直。我认为我们中国人也有这一问题。西方有一个骑士传统，扶助弱者、尊重妇女的正直传统。中国要求人成为圣人，因为要求太高，便容易产生伪道德。我翻译美国总统杰弗逊的一条语录：“在美国这部大书里，诚实是第一篇章。”作家应该有一点“侠客气”。正直，这是性情抗体。

第三是人格抗体。人格，这是强大的抗体。作家诗人如果拥有高度的人格意识，他就永远不可征服不会死亡。所以歌德认为，对于诗人而言，人格就是一切。二〇〇一年我在城市大学中国文化中心讲述中国的放逐文学，即讲述屈原、韩愈、柳宗元、苏东坡等，见到两个大诗人的不幸，一是屈原投汨罗江，一是苏东坡被贬海南之后又被皇帝召回，于北上的路中（在常州）身体难支而停止呼吸。然而，我见到的“文学死亡点”，却不是他们两人，而是韩愈。韩愈原是唐代文坛领袖，因排佛而得罪皇帝。他被唐皇贬到广东潮州。韩愈在丢掉乌纱帽的同时，更让我们后人痛惜的是他同时也丢掉了丢失了诗人的灵魂和作家的尊严。

他在《履霜操》里竟然哭求皇帝，称皇上为父母，说儿女如有罪，理应打骂，怎么把儿女逐出家园、让他置身荒野之中漂泊呢？原诗如下：

> 父兮儿寒，母兮儿饥。儿罪当笞，逐儿何为。
> 儿在中野，以宿以处。四无人声，谁与儿语。
> 儿寒何衣，儿饥何食。儿行于野，履霜以足。
> 母生众儿，有母怜之。独无母怜，儿宁不悲？

韩愈这样的诗，除了哭泣、哀求、极尽可怜状、说尽可怜语，没有别的。读了这首诗，我们只能感慨：韩愈死了，诗魂死了，文心死了，文学死了。此时此刻，我们才真正见到“文学的死亡点”。我一再说，文学是心灵的事业。文学走到韩愈这个地步，心灵全无，骨气全无，人格全无，真的死了。而屈原投江自杀，则用自己的身亡，激发更多读者对屈诗的思考与阅读，即对屈原的“无”，产生了更丰富的“有”。所以屈原身体虽死，但其心灵则更加辉煌，其诗也永存永在。而苏东坡，对于自己的被放逐，从不向皇帝说一句乞怜之语，相反，他为自己被流放感到很自豪，他的诗云：“九死南荒吾不恨，兹游奇绝冠平生。”愈受压迫，心灵愈强，诗文愈美。韩与苏，同样被流放岭南，但表现出两种截然不同的人格。苏东坡凭借身上强大的人格抗体，守持诗人的强大心灵，让文学大放光彩。而韩愈本是文章高手，可惜身上缺少人格抗体，皇帝一道命令就让他丧魂失魄，丢了诗人应有的尊严，让文学蒙羞。可见，文学的存亡，还是取决于作家主体自身。

自身强，则文学在；自身衰，则文学亡。

第十五讲　文学的交合点

（一）两种新文类的启迪

今天讲述的“交合点”，是我三十年前就思考的一个题目。那时读鲁迅的“杂文”，觉得文学史上并无“杂文”这一文类。这种新文类乃是鲁迅的创造，是他把文学（散文）与政论、时论、时评“嫁接”的结果，也可以说是散文与政论的交合与嫁接。交合、嫁接而产生另一种“质”，这是文学的一种大现象，可以做专题研究，既可写一篇论文也可以撰写一本学术专著。

“杂文”产生之后，有人并不承认这是“文学”，但鲁迅说，这不要紧，终有一天，文学殿堂会接纳这种新文体。在思考“杂文”的时候，大陆又兴起另一种新文类，名为“报告文学”。当时苏晓康、胡平、钱钢等作家名满天下，都是著写“报告文学”的高手，面对“报告文学”我又想起“交合”、“嫁接”现象，觉得报告文学乃是文学与新闻交合的结果。但它不是新闻，而是文学，因为新闻不可带有浓烈的感情，而报告文学则充满生命激情，文本中洋溢着写作者的思想与感愤。因为“报告文学”，我便进入“文学交合点”的思索，后来因为环境变迁，我没有写下论文就出国了。今天重拾这个题目，完全是课堂所逼，我并不打算作大文章，只是把自己对于文学的交合、嫁接现象向同学们表述一下，希望在座的有心人以后能写出生动的专著。

（二）“交合”现象古已有之

我所讲述的文学交合现象，即“文学的交合点”，是指文学与其他学科或称其他精神价值创造样式的交合，例如文学与历史、哲学、科学、心学、心理学甚至佛学等的“交合”。这种交合现象，在中国很早就有。大家所熟知的伟大著作，司马迁的《史记》，就是文学与历史的嫁接。《史记》，重心是史。即首先是伟大的史学著作，但谁也不否认它的巨大文学性，尤其是其中的人物本记与人物列传。以《项羽本纪》为例，这部“纪”的基石即基本材料是历史，但是，所描写的主人公（项羽）却栩栩如生，有血有肉，完全可以当作文学作品来读。纪中的故事，后来被编成“霸王别姬”、“鸿门宴”等著名戏剧，全是“本纪”提供的基础。尤其让后人惊讶的是，项羽的许多生命细节，肯定是司马迁的补充与“想象”，例如项羽最后兵败而跑到乌江岸边的一节描述，可谓“不是文学，胜似文学”。我们不妨把这一节文本细读一下：

> 于是项王乃欲东渡乌江。乌江亭长檥船待，谓项王曰：“江东虽小，地方千里，众数十万人，亦足王也。愿大王急渡。今独臣有船，汉军至，无以渡。”项王笑曰：“天之亡我，我何渡为！且籍与江东子弟八千人渡江而西，今无一人还，纵江东父兄怜而王我，我何面目见之？纵彼不言，籍独不愧于心乎？”乃谓亭长曰：“吾知公长者。吾骑此马五岁，所当无敌，尝一日行千里，不忍杀之，以赐公。”乃令骑皆下马步行，持短兵接战。独籍所杀汉军数百人。项王身亦被十余创，顾见汉骑司

> 马吕马童，曰：“若非吾故人乎？”马童面之，指王翳曰：“此项王也。”项王乃曰：“吾闻汉购我头千金，邑万户，吾为若德。”乃自刎而死。王翳取其头，余骑相蹂践争项王，相杀者数十人。最其后，郎中骑杨喜、骑司马吕马童，郎中吕胜、杨武，各得其一体。五人共会其体，皆是。故分其地为五：封吕马童为中水侯，封王翳为杜衍侯，封杨喜为赤泉侯，封杨武为吴防侯，封吕胜为涅阳侯。

如果司马迁把《史记》作为纯粹史书，那么，写到项羽的“穷途末路”，只要寥寥数语便可完成。史笔只要书写“项羽在乌江岸停留片刻，觉得自己已无颜再见江东父老，便拔剑自刎”。但是，司马迁使用文学之笔，渲染了这一情节，写了乌江亭长的劝慰，写了项羽独对亭长的诉说（诉说中端出自己全部真实的心理），还写了项羽赠送五岁爱“骑”给亭长后自刎而死，又写了汉骑司马吕马童等争相分尸以觅封侯。短短的四五百字，写出了英雄末路与英雄悲歌，既悲壮又凄凉，既有英雄气概又有英雄情谊，并非只有史实。这节文本，既有史料价值，也可作文学文本阅读。《史记》为我们提供了文学与史学嫁接的成功范例。

文学既可与史学嫁接，也可与哲学嫁接。可以说，卡夫卡和他之后的现代文学主流，即所谓“荒诞文学”，全是文学与哲学嫁接的结果。贝克特、尤涅斯库、品特等，全都得益于文学与哲学的交合。贝克特的《等待戈多》、尤涅斯库的《犀牛》等，都是哲学与文学并举。其基调已不是什么“抒情”，也不是什么“言志”。整部戏剧，唯有作者对荒诞世界的深刻认知，这种认知，既有意象性，又有哲学性。重心是思想，而非情感。从卡夫卡、贝克特到品特等，我们可以看到文学与哲学嫁接“交合”的力量——它可以改变文学世界的基调，独创一片文学的新天地。

（三）中国文学经典的“嫁接”奇观

如果说，《史记》是史学与文学的交合奇观，那么，《西游记》便是文学与佛学的嫁接奇观，而《红楼梦》，则是文学与心学的嫁接奇观。

如果没有佛学的东传，就不会有《西游记》。《西游记》是中国在《易经》《山海经》之后出现的奇书，其主角既是人，又是非人；既是妖，又是非妖；既是神魔，又非神魔。孙悟空随同师父唐僧到西天取经，从取经的起点到终点，全是“佛学”的逻辑。《西游记》中的如来佛祖最有力量，但并不是绝对的“救世主”。佛界的代表观音菩萨，具体地帮助指引唐僧、孙悟空师徒战胜种种艰难困苦而赢得取经的胜利，她是神（佛学），但又充满人性人情（文学）。孙悟空本事高强，具有神魔的本领；但又至真至善，拥有佛心与童心。他还是一个人，具有人的顽皮和理想。没有文学，产生不了孙悟空；没有佛学，也产生不了孙悟空。孙悟空是人与佛的交合，整部《西游记》也是人与佛的交合。

《红楼梦》与《西游记》一样，全书佛光普照，佛心童心磅礴。《西游记》的产生仰仗佛教的东传，《红楼梦》也是仰仗佛教的东传。但相对而言，《西游记》的全书浸透的全是佛学，而《红楼梦》浸透的则是心学。所以我说，《红楼梦》是《传习录》（王阳明著）之后最伟大的心学。区别只在于前者为思想性心学，后者则是意象性心学。《红楼梦》的主人公贾宝玉，与其说是一个“人”，不如说是“一颗心”——世界文学史上前所未有的最纯粹的心灵，如同创世纪第一个早晨诞生的毫无尘土的心灵。如果把贾宝玉视为“人”，我们会把他界定为贵族子弟，花花公子，会觉得他“不务正业”而喜欢诗词声色，从而觉得他的“问题”

很多，不足为训。而如果把他视为“一颗心”，则会发现这颗心灵出淤泥而不染。心中所思所想，与世俗人全然不同。这颗心灵没有仇恨功能，没有嫉妒功能，没有报复功能，没有算计功能。这颗心灵，是一个无边无际的宇宙，能容天地万物，能容一切人，能理解和宽恕一切人。因为他是一颗“心”，所以他不具有世俗那一些分别性的概念，不知有贵贱之分，高低之分，主奴之分。所以他平等地看待“下人”与“主人”，甘愿充当晴雯、鸳鸯这些奴婢的“神瑛侍者”。（不仅愿当林黛玉等贵族少女的神瑛侍者）。贾宝玉的人生，只有儿童时代，少年时代和青年时代，没有中年时代与晚年时代。所以我们看到的贾宝玉心灵，只有青春气息和宇宙气息。心中除了充斥“爱”之外，绝无其他。

（四）文学与科学交合的新成果

我们讲过文学与科学的差别。区分这种差别并不难。但是这一课却要讲述文学与科学也可以交合与嫁接。

在鲁迅的时代，鲁迅特别介绍《月界旅行》与《地底旅行》这两部科幻小说。文学与科学的交合其最重要的成果就是产生科幻小说。如果我们守持文学上的教条主义，可能会排斥科幻小说，但如果不用现成的文学定义来苛求文学，则会欣然接受科幻小说。

值得注意的是，科幻小说近年来无论中国还是西方，都取得长足的发展。其中美国甚至迎来了科幻小说的黄金时代，在座听课的罗旭同学，最近在《书屋》发表了一篇谈论雷·布莱伯利（美国）的《华氏451》和刘慈欣（中国）的《三体》的文章，题为“‘反乌托邦’中的人文情怀”，讲述的正是美国和中国的两个具有代表性的科幻作家，他们相隔半个世纪，却不约而同地通过创作，期待科学技术与人文精神能够交合与相互理解。雷·布莱伯利的《华氏451》把“科幻乌托邦”发展为“科幻恶托邦”，对人类社会的反智（反人文）倾向提出警告。而近年出现的中国作家刘慈欣（一九六三—　），于二〇〇六年发表的科幻长篇小说《三体》，不仅被中国读者所接受，而且赢得美国的雨果奖（最佳小说奖），精彩地实现了科学文化和文学的交合与嫁接。他有意识地抗争科学文化与人文文化在精神上的分裂，放入更多的人文情怀。罗旭如此概说《三体》：

> 三体是指距离地球较近的恒星系统，自三颗类似太阳的恒星交互运行，导致轨道混乱，生存状况恶劣。当

与地球建立联系之后，三体世界决定发起宇宙移民，人类社会因此面临灭顶危机。小说第一部抽丝剥茧地揭开了这一现实，第二、三部则描绘了人类为应付大危机做出的种种努力、挣扎。譬如向全宇宙发射引力波广播，暴露三体世界坐标，这样包括地球在内的整个太阳系都会成为宇宙"黑暗森林"的攻击对象，地球不再安全，三体世界也放弃移民。

地球为了自救，甚至发表低智声明（使用药物与脑科学技术降低人类的智力），实施技术自残。即通过技术限制人文发展而拯救地球。这种思路正是把最后的救赎留给人文精神，与文学追求的"终极善"相通。从雷·布莱伯利和刘慈欣的例证中，可以看到，文学与科学的交合所产生的智力挑战，正是当今人类世界最高的智力思索，也是文学面临的新课题。《三体》等杰出科幻小说的出现，正在挑战许多传统的文学理论和文学定义。

纵观文学的历史，尤其是现代文学的历史，我们会发现，许多新的文学门类、文学格局正是文学与其他学科交合、嫁接的结果，一百年来，我们看到，文学与心理学的交合产生了普鲁斯特《追忆似水年华》和乔伊斯的《尤利西斯》

这种巨型的意识流小说，意识的流动也正是心理的流动。这之后，我们又看到奥威尔的《动物农庄》这种轰动全世界的新型小说，这部小说实际上是文学与政治的交合。我们不赞成文学成为政治的工具，但不否认，政治生活也是现实生活的一部分，政治活动也可以成为文学的一部分内容，奥威尔熟知文学，又熟知政治，他不是把政治凌驾于文学之上，而是把政治变成文学的素材与工具，对政治进行艺术提炼和提升，让政治充分文学化。整部小说书写的全是政治，但又全是充分文学艺术化的政治。小说中的两个营垒："动物农场"是社会主义国家，"人类农场"是资本主义国家。"动物"是被压迫被剥削的一方，"人类"是施行压迫与剥削的一方。动物与人类的斗争，隐喻着被压迫民众与被压迫民族的反抗。可以说，这些都是人们熟知的、司空见惯的政治故事与政治常识。然而，奥威尔把当代这种政治斗争设计为动物与人的斗争（动物对人类的造反），别开生面。《动物农庄》里的角色有猪、狗、马、奶牛、绵羊、山羊、毛驴、老猫、鸽子、乌鸦、鸡、鸭、鹅、麻雀、老鼠、龟子、狐狸等。猪作为动物农庄的领导阶级，它发动革命，其骨干有"老少校"、"拿破仑"、"雪球"、"尖嗓"。四口小肉猪，诗人小不点等。这些猪狗全被充分拟人化，最为重要的，是被充分喜剧化。这也就是将政治充分文学化。

第十六讲　文学的审视点

（一）文学批评标准的探讨

文学的审视点，也可称文学的观察点、鉴赏点、批评点；或称为“文学的衡量点”，总之，讲的是文学的鉴赏、接受与批评。

我在八十年代初，通过阐释鲁迅的美学思想（参见拙著《鲁迅美学思想论稿》）而提出文学批评应持三个审视点，即真、善、美三点。这在当时语境下对于瓦解“政治第一”的僵化批评确实起了作用，也大体上可以成为文学鉴赏与文学批评的一种尺度。然而，这三个审视点，毕竟过于笼统。

首先，对于文学的真、善、美要求，与世俗世界常说的“真、善、美”很容易混淆。世俗所讲的真，常是肉眼可见、嗅觉可闻之类的真，是媒体记者所记的真（即真人真事），但文学上的“真”，则要复杂得多。它并非要求“形”之真，而是要求“神”之真。用当代作家阎连科的话说，它要求的真实，并非“现实”，而是“神实”。冯友兰先生作为哲学家，他把“真”分解为“真际”与“实际”，强调的是共性之际而非个性之际，这虽与文学的强调点不同，但我们可借用这对概念来说明文学之“真”所求乃是“真际”，而非“实际”。原先在国内流行的反映论，从现实主义出发，当然也要求要真实地反映生活，本无可厚非，但它后来变质了。首先，它分不清“真际”和“实际”，总是要求反映“实际”，而对于反映人性真髓和人类生存环境“真际”的作品却往往误判为毒草，从而造成“反映论”远离文学的本性。更为糟糕的是，当时所讲的“反映论”还要加上一个政治的前提，即在“现实主义”的头上加一顶政治的帽子，这样，现实主义也变成了非现实主义。反映的现实，也只能是特定政治理念下的“实际”，即所谓两个阶级、两条道路、两条路线斗争的“实际”，所以中国前期当代文学（一九四九——一九七六）便不真实，英雄皆戴“假面具”，现实均有“伪声音”。还有，什么是善？我在写作《鲁迅美学思想论稿》时受到普列汉诺夫的影响，把“善”解释为“现实功利”，这也错了。文学就其本性而言，它恰恰是超功利。唯有扬弃功利目的，不求浅近的实用价值，文学才有自由。文学写作的最高境界乃是“无目的”写作。但文学艺术也自然向“善”，这种善是最广义的“善”，终极的“善”，即人类的生存、延续、发展意义上的善。文学只要蕴含这种“善”即可。伟大的文学作品都有大慈悲、大悲悯精神，都有大同情心，就是因为它含有这种最广义的善。如果把“善”世俗化、狭义化，用现实某种集团（包括宫廷、帝王）的功利要求作为文学“善”的要求，那就会在作品中设置“道德法庭”，例如包公，例如李逵，其刀斧就一定会杀戮真实的人性。文学上的“美”也极为复杂，它并不是世俗世界里那些“美的规范”所确立的美的标准，而是普通人性所向往的“共同理式”。世俗眼里的所谓“坏人”、“丑角”例如小偷、妓女等，进入文学之后就不是简单的坏人、丑角。哪怕是胡传魁、座山雕这样的“阶级敌人”，一旦进入文学，就变成“喜剧人物”，而喜剧人物也有审美价值。所以我一再说，文学不可设置道德法庭等，只能有审美法庭。即审视点不可以是“好人坏人”、“敌人友人”，而是“悲剧人物”、“喜剧人物”、“荒诞人物”等。我们讲述的审视点，是文学美学的“审视点”，不是政治审视点，也不是道德审视点。

（二）林岗的批评三尺度

以“真、善、美”作为批评尺度，显得笼统，即缺少批评的明晰性。那么，我们是否可以再具体一些，找到批评的审视点呢？对此，我留心多年，才发现我的好友林岗所写的《批评的尺度》一文，最有见解，他从根本上给我启迪。他提出批评应持三个尺度：一是“句子之美”；二是“隐喻之深”；三是“人性之真”。

关于第一点，林岗说：

> 句子不是小事情。尽管到目前为止批评理论没有涉及句子问题，批评实践也几乎不去理会，但那是批评家的失败，不是作家的失败。如果以生命来比喻一个文本，那句子就是它的细胞。细胞的健康程度也许不能直接等同于机体的健康程度，但却很难想象一个充满生命活力的机体能够由不健康的甚至是病态的细胞来组成。文学

是有修辞色彩的语言。一句话，但凡它沾染上修辞特征或经过修辞，都会带上文学色彩。所以文学性总是首先沉淀在句子里的，美感也首先显现在句子里。在古代，作家被称为才士或才子，在这个引无数才子竞折腰的文学王国里，才子们要竞的第一样本领，就是句子。古代中国是一个诗的国度，诗句的佳劣直接关乎诗的成败。好诗句为好诗的第一义，明白这个道理的人总是很多的。所谓“吟得（安）一个字，捻断数茎须”，就是这个意思。今词“推敲”即来源于贾岛驴背苦吟不知用“推”好还是用“敲”好的典故。也许有人会说，这些“苦吟派”因为文才不够，若是文才横溢，如赵翼《瓯北诗话》赞苏轼“天生健笔一枝，爽如哀梨，快如并剪，有必达之隐，无难显之情”，则何须苦吟？话虽如此，但争论不在要不要苦吟，而是好句子是否好文学的第一义？文才横溢，如李白那样，信笔拈来即横空出世，当然无须苦吟。但若才华够不上横溢而又写诗作文，不着意经营句子，不在一字一句上下工夫而欲传之不朽，无异缘木求鱼。古人有“诗眼”、“文眼”的说法，所谓“诗眼”、“文眼”就是一句或一篇之中的点睛之笔。以点睛之笔带出全句或全篇的神气，能带出全篇神气的“诗眼”、“文眼”就是一篇之中的好句子。由此可以推断，虽不能百分之百正确，但大体不离左右，那些无眼之诗和无眼之文就是平庸之诗和平庸之文。

林岗提出的第二个“尺度”，前人未曾涉及，更有真见解。他说：

文学尤其是叙述性的文学，作者虽然可以天马行空神游九霄，但其所叙述都离不开具体的社会时空，文学究竟是怎样跨越时空传诸无穷的？或者换句话，那些伟大的文学是怎样跨越社会时空被后世读者喜爱的？这种跨越时空的共鸣现象落实到伟大的作品究竟藏有什么秘密？笔者以为，丰富而深刻的隐喻至关重要，它是伟大的文学不可缺少的另一项品质，隐喻性的丰富和深刻程度是衡量文本高下的又一个尺度。人们通常将隐喻作为文学修辞的手法之一，这当然是正确的。然而仅仅当作修辞手法，这未免是对文学的理解肤浅了，远远不够。好的文本都有似乎相反的两面性：一面是具体的、形而下的，另一面是普遍的、形而上的，它们完美无缺地融合于文本。这种两面性，用康德的语言来表达，——我们对它们的思考越是深沉和持久，它们就越是唤起我们内心的惊奇和崇敬之情。应该说，这是有些神秘主义的，我们不清楚它们为什么是这样的，理智不能穷尽，可伟大的文本就是这样。为行文的方便，举《孔乙己》里面一个细节做例子。孔乙己教小跑堂“我”茴香豆的茴字怎么写，小跑堂一脸不屑，“懒懒地答他道，‘谁要你教，不是草头底下一个来回的回字么？’孔乙己显出极高兴的样子，将两个指头的长指甲敲着柜台，点头说，‘对呀对呀！……回字有四样写法，你知道么？’”“回字有四样写法”一句，极其贴切孔乙己的身份、教养、学识，甚至性格，非孔乙己不能说出。这个便是文本的具体、形而下一面。然而又正是这个具体和形而下的细节，传出了所有不能与时俱进、悖逆潮流，甚至冥顽不化者的神韵。而这后一面又是普遍的、形而上的文本面相。因为不能与时俱进者、冥顽不化者无代无之，尤其处于社会急速变迁的世代，于是读者可以从中照见他人，照见自己。《孔乙己》发表于1919年，至今将近百年。当时鲁迅就说“大约孔乙己的确死了。”然而他又对又错。那个科举时代造就的具体的孔乙己是死了，然而那个属于一切时代不能与时俱进者的孔乙己还没死。说实话，每当笔者在讲堂口若悬河叨念着晚清文学如何如何变迁的陈年旧账，对着的却是一片呆若木鸡或刷屏玩微信的莘莘学子，我就怀疑自己讲的是不是当代版的“回字有四样写法”。台下的学生眼大无神，他们不正是当年那位咸亨酒店小跑堂的传人么？无心向学，一心等着将来做掌柜。而我念念不忘那些乏人问津的“学术”，不正是隔代的孔乙己么？不同的是——我只差腿没有打断而已。

上述讲法或者聊博一笑，问题是好的文本里具体的、形而下的一面是怎样和普遍的、形而上的一面联通的？笔者以为，途径就是隐喻。这是一种广义的隐喻。也许作者并没有明确地运用作为修辞手法的隐喻，但我们可以把文本里的这两层之间的联通，作为隐喻，意在取隐喻由一物通达另一物的修辞关系。叙述性的文本讲的都是具体的故事，具体的人物，为什么绝大部分都只有娱乐的价值或文献的价值，而不能长久传世。原因即在于这些文本不能建立这两个叙述层面的隐喻关系，或者两层的隐喻关系是生硬的，不高明的。天才的作家总是在不经意间就在文本的具体的、形而下层与普遍的形而上层之间搭建了绝妙的隐喻关系。

林岗的这一见解，乃是“隐喻”的真理也是文学批评的真理。但理解两个叙述层面的联通即两个叙述层面的隐喻关系，并非易事。所以，他又以塞万提斯的《堂吉诃德》为例做了说明，尤其精彩的是，他抓住小说中的那个“美人”（杜尔西内娅）形象做了说明。他说：

> 最能体现塞万提斯将隐喻意味嵌入堂吉诃德故事用心的，笔者以为是那位堂吉诃德念念不忘又神龙见首不见尾的“杜尔西内娅”。他所以百折不挠屡败屡战，就是一心为了获取这位美人的芳心。可是堂吉诃德连这位美人一丁点儿具体信息都不知道，何方人氏，住在哪里，统统阙如，甚至连名字也查无实据，只是他一向声称如此。每次应战，只要对手甘拜下风，堂吉诃德都要对手做一件事儿，就是替自己找到这位“杜尔西内娅”，向她报告喜讯。结局当然是不了了之，但他每次都言之凿凿，好像真的一样。不过，别人可以找不到“杜尔西内娅”，她在堂吉诃德心目中却是千真万确的存在。她的地位如同上帝一样，是堂吉诃德精神的统帅，心灵的皇后。有一次，堂吉诃德和路过的旅人议论起骑士。他说游侠骑士凡准备干仗，“心目中就见到了他的意中人，

他应该脉脉含情，抬眼望着她的形象，仿佛用目光去恳求她危急关头予以庇护。”旅人不同意他的意见，以为骑士不可能人人都在恋爱，都有意中人。堂吉诃德立即反驳：“游侠骑士哪会没有意中人呀！他们有意中人，就仿佛天上有星星，同是自然之理。历史上决找不到没有意中人的游侠骑士；没有意中人，就算不得正规骑士，只是个杂牌货色。”塞万提斯处理堂吉诃德与“杜尔西内娅”的关系，开始的时候，读者只以为作者又新开一脉，写堂吉诃德的滑稽可笑，读着读着，就会有不一样的感觉，“杜尔西内娅”甚至不是一个人物形象，而是堂吉诃德血脉、精神、灵魂化身的代称。滑稽依然滑稽，可滑稽之外增加了一些什么。随着情节的推进，“杜尔西内娅”的含义丰富了，改变了。它成了堂吉诃德精神世界的一部分，于是改变了堂吉诃德，使得堂吉诃德与文学史上其他滑稽人物区别开来，他不仅滑稽，而且还被嵌入了隐喻的含义。套用堂吉诃德的说法，要是没有了“杜尔西内娅”，堂吉诃德在文学形象里，只不过是个“杂牌货色”。由于“杜尔西内娅”的照耀，堂吉诃德的滑稽荒唐，变得不仅仅娱情悦意，在娱情悦意之外，充盈着形而上的意味。作为文学形象，堂吉诃德之所以不是“杂牌货色”，很大程度上是因为塞万提斯天才之笔所创造的这位“美人”。

林岗的第三个尺度是“人性”，他说：

衡量文学是否伟大的第三个尺度是作品在多大程度上揭示了人性。当我们将文学理解成人自身的一面镜子的时候，从中能照出的其实只是人性。期望文学帮助我们如事实本来那样理解社会及其历史，这不是文学能做好的。将正确“反映社会现实”的任务放置文学的肩上，不但文学做不好，反而降低了文学的品质。的确，文学的叙述和描写多少涉及社会方方面面的情形，如果作家将自己的叙述和描写以“反映现实”为目的，那么这样的文学只会留下一些关于当时社会现实的文献资料。作家的选择已经走入迷途，偏离了文学应有的航道。毫无疑问，文学不能信口开河脱离社会现实，但是出色的作家自会将笔下的“社会现实”服从于自己叙述和描写的意图，而这个意图就是揭示人性。不同文学文本的差异在于揭示人性可能抵达的深度和广度。

（三）对林岗“三尺”的补说

林岗的“批评三尺”，比我“批评三圈”（真、善、美）显得更具体、更明晰，也带有更强的“可操作性”。我特别欣赏他的第二把尺，即隐喻的深广度。这是发前人所未发。我相信，林岗的“三尺”击中了文学批评的要害，道破文学审视的真谛。我想在此基础上再做一些阐释，也许是“画蛇添足”。但也许有益于把这“三尺”真的变成文学批评的三个基本“审视点”。

第一点：注意句子。也可理解为“语言的美感”。五四新文学运动，其功勋是实现“言”与“文”的统一，让文学向底层靠拢，实现“文学奉还”，即把文学交还给广大民众。但是，也带来一个问题，就是把文学的门槛变低了，以致使许多人误认为文学轻而易举，人人皆可为之，甚至把大量的世俗粗糙语言带进文学，从而破坏了文学语言的美感。因此，当下作家普遍缺少语言美感意识，不知文学的第一关口乃是“语言美”。因此，林岗提出的“句子美”，我们也可以理解为对语言美感的呼唤，把审视“语言美”当作批评文学的第一审视点。

第二，林岗提出审视“隐喻的内涵”，也可以和“象征的意蕴”对照思索。什么是文学，上世纪三十年代鲁迅翻译日本文学理论家厨川白村的《苦闷的象征》，把文学定义为“苦闷的象征”了。文学当然可以是苦闷的象征，但也可以是“欢乐的象征”、“光明的象征”、“黑暗的象征”、“人道的象征”、“人性的象征”等。“象征”二字，其外延与内涵，是比“隐喻”广阔还是狭窄，至今仍有争论。有人认为，隐喻包含象征，即象征是隐喻的一种。也有人认为，“隐喻”乃是象征的一个主要手段。隐喻属于象征系统偏重于“暗示”的一面，而象征则还有“明示”的一面，文学既可以暗示心中的苦闷，也可以明示心中的伤痛。而我则认为，这种争议正好应了维特根斯坦的见解。他认为哲学的使命就在于“纠正语言”，“考察概念”，按照他的说法，我们只要把“隐喻”与“象征”做好定义就行了。

第三，林岗提出的审视“人性”的“丰富性”、“真实性”，这无疑是颠扑不破的尺度。我在《文学常识二十二讲》与这本《文学慧悟十八点》中也一再强调人性的真实性。然而，我除了强调“人性的真实”之外还强调另一种真实，这是“人类生存处境的真实”。前者偏于主体，后者偏重客体(环境)，两者缺一不可。当然，在此两个真实中，人性真实还是审视的第一要点。

林岗提出的“批评三尺”，是他对文学批评的一大贡献。我作了些补正，只是希望于对文学批评标准即对于文学审视点的思考，能够日益深入。也希望有更多的同学参与这一复杂问题的思考。

第十七讲　文学的回归点

在文学史上，“回归”是一种大现象。回归，有时是文学的策略，有时是文学的主题，有时是作家的自救。我们今天的课程，就讲“文学的回归点”，也可称为“文学的回归现象”。

（一）文学复兴的伟大策略

我们都知道，发生在十五世纪前后的西方文艺复兴运动，乃是一次“回归希腊”的文艺运动。“复兴”是目的，“回归”是策略。

文艺复兴运动是针对中世纪的神权的统治而发的。那时，“神”统治一切，“人”缺少尊严与自由。文学艺术要适应时代的需要，就得从歌颂“神”变成歌颂“人”，即把“神”主体转变为“人”主体。因此，文艺复兴运动究其实质乃是“人”的解放运动，即“人”从“神”的牢笼中解放出来的运动。但是当时的文学代表人物，并不把矛头直接指向神，而是采取一致回归的策略，因此他们便提出“回归希腊”的口号。希腊时代乃是一个以“人”为中心的时代，一个审美的时代。回归希腊乃是“回归人”。这不是退步，而是进步。我和林岗合著的《传统与中国人》对胡适所讲的“五四”乃是中国的文艺复兴提出一点疑义，是因为我们觉得，中国的五四新文学运动与西方的文艺复兴运动，其大思路很不相同。西方的大思路是“回归古典”，而“五四”则是“面向西方的现代”，完全没有“回归”的意思。它“打倒孔家店”的思路乃是“打倒古典”，而非“回归古典”。一九九六年，我和李泽厚先生在继《告别革命》后又提出“返回古典”的命题，这倒是真的回归古典。我们认为，历史前行的思想路线并不一定是从古典走向现代、然后走向“后现代”的统一模式，也可以从现代“返回古典”。所以李泽厚先生在日本作了“回归孔子”的演讲。

我和李先生的回归有所不同，我侧重于“回归六经”，这六经不是孔子、孟子那六经，而是我自订的“六经”，即《山海经》《道德经》《南华经》（庄子）、《六祖坛经》《金刚经》以及我的文学圣经《红楼梦》。在我看来，四书五经，代表的是中国重伦理、重秩序、重教化的一脉，而我界定的“六经”则代表中国文化“重个体，重自然，重自由”的一脉。两脉可以互补。尽管“五四”的思路不同于西方文艺复兴的思路，但是中国的两次文艺复兴与西方文艺复兴一路，也是使用“回归”的策略。一次是唐代的古文运动；一次是宋代的古文运动。唐代的古文运动乃是由韩愈和柳宗元所代表的反对六朝骈文的运动。唐之前的六朝，是指皆以建康（今日南京）为首都的东晋、宋、齐、梁、陈、隋。这个时代的文风浮靡，其代表谢灵运、沈约、谢朓、吴筠、谢庄、王融、湘东王兄弟、徐凌、庾信、刘孝绰兄弟、江总诸人。他们的文学理念，强调“重道轻艺”，其目标还是“上明三纲，下达五常”。运动主将韩愈用的正是“回归”策略，他主张思想要回归古代的儒家，文体要回归厚实明畅的散体。他以五经子史之书为楷模，连三代、两汉之书也不足为训。另一主将柳宗元，全力支持韩愈，而且纠正了韩愈过于重道的偏颇，也重“文”“辞”，道德之道与艺术之道并举。他的策略也是回归，即所谓“参孟荀以畅其文，参庄老以肆其端，参离骚以致其幽，参之太史以著其洁”。主张回归到孟子、荀子、老子、庄子、屈原、司马迁的古文中去。此次古文运动乃是中国散文的一次复兴。第二次古文运动即宋代古文运动也取得很大成功。如果说，唐代的古文运动是散文对骈文的胜利，那么，宋代的古文运动则是自由散文对西昆酬唱体的胜利。

西昆体代表人物杨亿、刘筠、钱惟演等，以李商隐为宗，但片面地取其艳丽、雕镂、骈骊的技巧只重对偶工巧、音调，而忽略其精神，再次形成语言的浮华之风。针对西昆体的横行而反西昆诸作家（石介等）又打起“回归”大旗，把尚书、周易和诗经视为文学正统，将尧、舜、周、孔视为文学典范。

（二）作为文学主题的回归

回归，不仅是文学复兴的伟大策略，而且一直是文学的一个重要主题。古希腊史诗《伊利亚特》与《奥德赛》之所以不朽，有许多原因，但它概括人生普遍的两大经验，一个是“出征”，一个是“回归”，一直让不同种族、不同地区的人类产生共鸣。这肯定是一个重大原因。《奥德赛》写的是“回归”，这部史诗告诉我们，出征之路充满鲜血，而回归之路也充满艰辛，绝非一帆风顺。《伊利亚特》书写特洛伊战争，战场需要勇敢、智慧、毅力；回归之路如同“战争”，也需要勇敢、智慧、毅力等。特洛伊战争面对的敌人是军队、战车、风烟，奥德修斯回归路上面对的敌人是风暴、海妖、风怪。这是史诗给予人类伟大的提示。即使我们中国的今天，也面临着出征与回归，也面临着双重的艰难。多少人想“回归”，但已经“回归”不了了。不仅西方文学有“回归”主题，中国文学也有“回归”主题。中国最伟大的诗人之一陶渊明，他著名的“归去来辞”，就是对回归的觉悟与感悟。它给世世代代中国人指出一条精神之路，这是离开官场而回归田园的路，也是摆脱心为形役、赢得人格独立的诗意之路。“归去来兮，田园将芜胡不归，既自以身为形役，奚惆怅而独悲。实迷途其未远，知来者之可追。”诗人告诉人们，原来追求的仕路之路，风风火火，实乃是“迷途”，能从迷途上回归到生命的本真之路，不再为“五斗米”折腰服事权贵，乃是生命的解放。多少人为能谋得一官半职而自喜、自鸣意，而陶渊明而为自己也曾如此胡涂而“自悲”。陶渊明的回归诗给世人提供一种新的立身态度，他为原来的选择而悲，为现在的回归而喜，把回归之念比作“羁鸟恋旧林，池鱼思故渊”，衷心高兴。与王维、孟浩然、储光羲等诗人的心境大不相同。这些诗人是一隐居便惶惶不可终日。他们只有“出仕”意识，没有回归意识。宋代苏东坡被流放之后，才深知陶渊明了不起，陶诗境界无人可比。他为陶渊明作了一百多首“和诗”，认为自魏晋到唐，无一诗人可以和他相比。苏东坡在诗里从不哀叹被贬抑的“沦落”，反而高唱“九死南荒吾不恨，兹游奇绝冠平生”，也为摆脱官场而喜悦。可见，陶、苏这两个伟大诗人都深知“回归”的伟大意义。

在普遍追求功名、追求财富、追求权力的时代里，人们相继为外部价值而走火入魔，在此情此景下，无论是西方还是东方，也都有一些作家诗人产生回归意识，例如英国伟大的小说家哈代所写的《还乡》。他对浮华的所谓“现代化”生活采取质疑态度，内心深处始终觉得人只有从纸醉金迷的浮华中回归纯粹的被大自然所拥抱的乡土才是出路。后来我国的现代作家沈从文，很像哈代，他不羡慕浮华的城市，而向往未被城市污染的“边城”。我一直期待我们的同学会有人写出“哈代与沈从文”相互比较的论文。我们还读到西方的著名诗人波德莱尔和王尔德的一些诗，人们说他们“颓废”，但仔细读下去，就会发现他们都有“回归自然”、“回归土地”的意识。前些天，我读原北大毕业生、现为美国教授的米家路先生所写的“诗学”巨著（500页），第一章讲述二十世纪所有杰出的诗人都有一个主旋律，这就是“原乡”，也就是“回归”，可见，“回归”基调对于诗人，绝非一般。

（三）作家心性的回归点

除了文本的“回归”之外，还有一个作家主体心性的回归值得注意。大作家一定有自身的“回归”秘密。他们多数到了年老之后仍然保持童心、好奇心，这便是他们实现了向儿童时代、儿童心性的回归。

我国先秦时期的伟大哲学家老子，在《道德经》中讲述了三个回归点，即“复归婴儿”，“复归于朴”，“复归于无极”。这三个回归点，是对所有人讲的，但它也应当成为老作家的回归点。这三个“回归点”，是作家保持“本真角色”的诀窍，极为精辟，也极为要紧。我在二〇〇〇年城市大学中国文化中心讲解《道德经》就讲述这三个回归。首先应当“回归婴儿”。回归婴儿就是回归童心，回归赤子之心，回归孩提时代的好奇心。我一再说，作家诗人最可以引为自豪的是他们至死都保持一颗童心即赤子之心。谁都会衰老，这是无法抗拒的，然而，身老不等于心也老。心灵状态可以永远保持儿童状态与青春状态，但这种保持不是“自动”的，它需要人与作家作出努力。我认为童心（婴儿之心）应表现在两个方面，一是“赤子之心”，即单纯的远离功利功名的世俗之心。孩子最可贵的是不知功名利禄为何物，不知荣华富贵为何处。他们就喜欢“玩”，喜欢“游戏”，对世界万物样样好奇，因此童心的另一表现便是“好奇心”。我还可以再说，作家身上总是存有两个角色，一是世俗角色，一是本真角色。倘若要守持本真角色，那就是年长年老之后，仍然保持一种婴儿状态。这一点，也是“知易行难”，说容易，做起来不容易。大科学家牛顿说他永远是海滩上拾贝壳的小孩。科学家有此心态，诗人作家更应当有此心态。“复归于朴”，过去只讲回归质朴的生活，这当然对。我们的时代是历史上最奢侈的时代，更应当注意这一点。除了回归质朴的生活之外，我还作了补充：还要回归到质朴的内心和质朴的语言。人有权力、财富、功名之后，最难得的是什么？最难也最难得的是回归质朴的内心。质朴的内心便是诚实、正直、耿介之心，有好说好，有坏说坏，该说就说，不情愿说就不说。不拐弯抹角，更不“口是心非”。此外，还要回归质朴的语言，这在“文化大革命”中遭到很大的破坏。浮夸、暴虐、虚假等病毒，严重侵入语言，一个“最”变成三五个“最”，一个“伟大”变成四个“伟大”，语言的浮肿病与思想的贫血病同时发生，因此，回归质朴的语言成了迫切之需。尤其是文学，更应当回归到质朴的语言。《道德经》所言的回归，还有一个“复归于无极”。所谓“无极”，乃是宇宙极境。把人生境界提升到宇宙高度。不是为一人、一乡、一族、一国的浅近功利，而是为整体人类的生存、延续、发展。无极，可理解为最高的善，最终的善。康德所讲的“合目的性”，也可以说是合“无极”，合天地，合最后的善。作家诗人的“回归”，最后应当回到“无极境界”。

（四）老作家的“反向意识”

无论是古希腊的《奥德赛》，还是中国的陶渊明，无论是哈代的“原乡”，还是《道德经》的“复归于朴”、“复归于婴儿”，都是一种反向努力。即不是人生通常的习惯，往前争取更大的功名和更大的利益，而是朝后努力，争取生命的纯化、赤子化、质朴化。可惜具有这种“反向意识”的人，包括诗人作家，都属“少数”。

缺少反向意识的人们，都不知道，“回归”并非后退，它乃是一种进步，一种“守持”，一种朝着“永葆青春”的努力。有些大作家，例如伟大诗人歌德，他到了八十岁之后还在谈恋爱，如果用世俗的眼睛看他，会觉得太荒唐。然而，如果用文学的眼光看他，则会觉得这很正常，因为到了老年，他还做“回归青春”的努力。唯有这种反向努力，能让他的生命与灵魂永远保持活力。

第十八讲　文学的终点

（一）文学有没有终点?

文学有没有终点？关于这个问题，我们可以作出种种不同的回答。就文学整体而言，它肯定没有终点。什么时候有人类，什么时候就会有文学。“说不尽的莎士比亚”，什么时候可以说尽呢？肯定是永远说不尽，一千年、一万年之后，还是说不尽。就文学的性质而言，它也没有终点。拿文学与宗教比较，宗教的性质是有终点、有彼岸的。每一种大宗教都安排了终点。天堂是终点，地狱也是终点。在基督教的眼里，十字架是终点，基督最后被钉在十字架上。在佛教的眼里，灵山是终点。如来佛祖就坐在灵山里。多少佛徒一生苦修苦练，最后就成佛。或为佛，或为罗汉，或为使者，都是终点。但文学没有彼岸，没有佛堂，没有末日审判。文学家的灵山在内（在心中）不在外。

但就文学创作主体而言，它又有终点。每个作家与诗人，都是“人”，都会死亡。坟墓是共同的终点。而创作文本，一首诗，一部小说，总会结束。最后那一行，那一段，那一章节，似乎就是终点。《红楼梦》写了八十回，原作者去世了，曹雪芹走到了人生的终点，而小说文本却未抵达终点。于是读者感到遗憾，之后，便有高鹗的续书，给了一个终点。有些读者又不满意，于是又有新的续书。

（二）“文学终点”的迷失

就其文学本性而言，文学并无终点。它本可以区别于宗教，不必给读者一个“彼岸”的许诺，即不必给读者一个“终结”的许诺。作家诗人，既是永远的流浪汉，也是永远的寻找者。林黛玉的禅偈说：“无立足境，是方干净”。无立足境，包括最后的立足之地，包括终点。然而，从古到今的中国作家，有一个巨大的迷失，就是老是要给予读者一个满意的、皆大欢喜的“终点”，于是，在创作中发生了若干种“终点迷失”，使文学流于肤浅。这些普遍性的迷失，大约有下列两种：

一个是“曲终奏雅”，给一个“大团圆”的终点，使悲剧淡化或消解。关于这个“终点迷失”，许多思想家都作过批判。

既然文学的终点应当“奏雅”，那么最好的办法是给悲剧主人们来个大团圆，所以中国文人普遍热衷于“团圆主义”。且不说那些不入流的作家，即使是一些著名的作家作品，也难免俗。例如唐代元稹的《莺莺传》演化出来的几种戏曲：金人董解元的《弦索西厢》，元王实甫的《西厢记》，关汉卿的《续西厢记》等，这些戏曲全导源于《莺莺传》，但和《莺莺传》原本所叙的事情，又略有不同，这就是，“叙张生和莺莺到后来终于团圆了”，元稹的《莺莺传》本来是个悲剧，它叙述贵族少女莺莺，克服自己动摇与软弱，与她相爱的张生私自结合，但张生背弃盟誓不能娶她，而她又受名门望族的地位与封建思想的束缚，无力起来斗争，只有绝望的怨恨，最后只好顺从家里嫁给别人，造成悲剧结局。鲁迅对《莺莺传》并不满意，他说：“这篇传奇，却并不怎样杰出，况且其篇末叙张生之弃绝莺莺，又说什么……‘德不足以胜妖，是用忍情’，文过饰非，差不多是一篇辩解文字。”（《中国小说历史的变迁》）但即使是这样，后来的剧作家，还想抹去其中的怨苦，尽量把血泪收藏干净，最后变成皆大欢喜的团圆剧。鲁迅对张生与莺莺的团圆，作了一段非常深刻的批评：“叙张生和莺莺到后来终于团圆了。这因为中国人底心理，是很喜欢团圆的，所以必至于如此，大概人生现实底缺陷，中国人也很知道，但不愿意说出来；因为一说出来，就要发生‘怎样补救这缺点’的问题，或者免不了要烦闷，要改良，事情就麻烦了。而中国人不大喜欢麻烦和烦闷，现在倘在小说里叙了人生底缺陷，便要使读者感着不快。所以凡是历史上不团圆的，在小说里往往给他团圆；没有报应的，给他报应，互相骗骗。——这实在是关于国民性底问题。”（《中国小说历史的变迁》）

我在拙著《鲁迅美学思想论稿》里，就此写了一段评述：

鲁迅在分析《红楼梦》的成功之处时，一再强调它摆脱团圆主义的窠臼。他说：“全书所写，虽不外悲喜之情，聚散之迹，而人物故事，则摆脱旧套，与在先之人情小说甚不同。……盖叙述皆存本真，闻见悉所亲历，正因写实，转成新鲜。”（《中国小说史略》）又说：“在我的眼下的宝玉，却看见他看见许多死亡；证成多所爱者，当大苦恼，因为世上，不幸人多。惟憎人者，幸灾乐祸，于一生中，得小欢喜，少有挂碍。然而憎人却不过是爱人者的败亡的逃路，与宝玉之终于出家，同一小器。但在作《红楼梦》时的思想，大约也止能如此；即使出于续作，想来未必与作者本意大相悬殊。惟被了大红猩猩毡斗篷来拜他的父亲，却令人觉得诧异。”（《集外集拾遗·〈绛洞花主〉小引》）在曹雪芹的原作中，宝玉看见许多“死亡”，自己陷入“大苦恼”之中，悲剧气氛是很浓烈的，在续作中写贾宝玉“出家”的结局，虽然消极败亡，但仍不失悲剧本色，所以鲁迅说“想来未必与作者本意大相悬殊”。至于写贾宝玉出家后又回拜父亲，却表现出高鹗的庸俗的礼教思想，又落入团圆的俗套。至于尔后的其他续作，则以大团圆为其特征，陷入瞒与骗的沼泽，把悲剧的特色全部埋葬，与《红楼梦》相比，完全是另一种质的缺乏社会价值与美学价值的低级艺术。所以鲁迅说：“此他续作，纷纭尚多，如《后红楼梦》《红楼后梦》《续红楼梦》《红楼复梦》《红楼梦补》《红楼补梦》《红楼重梦》《红楼再梦》

《红楼幻梦》《红楼圆梦》《增补红楼》《鬼红楼》《红楼梦影》等。大率承高鹗续书而更补其缺陷，结以‘团圆’。”（《中国小说史略》）这一意思，鲁迅在《小说史大略》中也说过，他说《红楼梦》续书“歌咏评骘以及演为传奇，编为散套之书亦甚众。读者所谈故事，大抵终于美满，照以原书开篇，正皆曹雪芹所唾弃者也”。鲁迅指出，这些续书，其实不是文艺，而是骗局，与《红楼梦》原作相比，真是霄壤之别。鲁迅说得毫不留情：“……后来或续或改，非借尸还魂，即冥中另配，必令‘生旦当场团圆’，才肯放手者，乃是自欺欺人的瘾太大，所以看了小小骗局，还不甘心，定须闭眼胡说一通而后快。赫克尔说过：人和人之差，有时比类人猿和原人之差还远。我们将《红楼梦》的续作和原作者一比较，就会承认这话大概是确实的。”（《坟·论睁了眼看》）

另一个“终点迷失”，则是发生在新文学中，尤其是二十世纪下半叶的文学。这段文学的终点，不是“曲终奏雅”，而是“曲终奏凯”，即书写革命，而革命的结局一定是革命队伍“大凯旋”、“大胜利”。无论是《红日》《红旗谱》，也无论是《红岩》还是《青春之歌》，全是以“凯旋”为终点。到了“文化大革命”时期，整个中国只剩下八个样板戏和两部小说：《金光大道》与《李自成》。形式虽不同，但考察其“终点”，却会发现千部一律，即“曲终奏凯”，结局都是揪出“害人虫”阶级敌人，矛盾解决，皆大欢喜。

（三）心灵“无终点”

在“文学的盲点”讲座中，我提到八十年代，中国文学界引入苏联文学理论家巴赫金的“复调”小说论。巴赫金发现陀思妥耶夫斯基实现了一种文学转折，即直接面对的不是主人公的客体现实，而是主人公的自我意识（即主人公有独立性，它不再是作家的传声筒）。这种自我意识成为主人公艺术上的主导因素。这样，作家的目光就发生一种转向，即不是再把目光投向主人公的“现实”，而是投向他的自我意识。而主人公的这种自我意识是永远不能完成的，永远看不到结果的，也就是说，不可能作家叫“停”，笔下的主人公就“停”。自我按照其自身思想逻辑不停地往前走，没有“终点”。巴赫金把陀氏与拉辛作了比较。他说：

拉辛的主人公，整个是稳固坚实的存在，就像一座优美的雕塑。陀思妥耶夫斯基的主人公，整个是自我意识。拉辛的主人公是固定而完整的实体，而陀思妥耶夫斯基的主人公只是永无完结的功能。拉辛的主人公一如其人，而陀思妥耶夫斯基的主人公没有一时一刻与自己一致。

如果说，拉辛是西方古典文学时代的代表，那么，陀思妥耶夫斯基则是西方现代文学时代的先锋。而现代文学的特征恰恰是从客体主人公转向主体（自我意识）主人公。而新主人公意识是永远向前流动，它没有“终点”。这样，有无“终点”便成了古典文学与现代文学的第一道分水岭。（参见巴赫金：《陀思妥耶夫斯基诗学问题》，二〇一〇年，中央编译出版社）

我在《论文学主体性》的文章中，把主体划分为创造主体（作家）和对象主体（主人公）及接受主体（读者）。“对象主体”概念是我发明的，但思想却来自巴赫金。作家笔下的人物（主人公），本不是“主体”，然而，经过巴赫金的解说，主人公在思想观念上可以自成权威，可以卓然独立，他可以不再是作家艺术视觉中的客体，而是具有自己言论的充实完整、当之无愧的主体。巴赫金的划时代的发现，使得我的“文学主体性”从作者扩展到作品主人公。

巴赫金还如此说：

……只要人活着，他生活的意义就在于他还没有完成，还没有说出自己最终的见解。……“地下室人”怀着极大的痛苦倾听着别人对他们的实有的和可能的种种议论，极力照猜出和预测到他人对自己的各种可能的评语。

巴赫金还说：

人任何时候也不会与自身重合。对他不能采用恒等式：A 等于 A。陀思妥耶夫斯基告诉我们，个性的真谛，似乎出现在人与其自身这种不重相合的地方，出现在他作为物质存在之外的地方……

最为精彩的是巴赫金如此揭示陀氏：

……陀思妥耶夫斯基对当时的心理学持否定态度，

> 包括学术和文艺中以及审讯工作中的心理研究。他认为心理学把人的心灵物化，从而贬低人，从而完全无视心灵的自由，心灵的不可完成性，以及那种种特殊的**不确定性**——即成为陀思妥耶夫斯基主义描写对象的无结局性：因为他描写人，一向是写人处于最后结局的门槛上，写人处于心灵危机的时刻和不能完结也不可意料的心灵变故的时刻。

巴赫金的这些论述，不仅是对陀氏的精辟分析，而且是关于人关于心灵的经典性见解。他认为，人的心灵永远处于不确定之中，也永远处于充满变故的未完成中。我一再说，文学是心灵的事业。因此，了解心灵的这种没有终点的特性便格外重要。

（四）“内宇宙”没有边界

我在《论文学主体性》中，把宇宙划分为外宇宙与内宇宙。所谓内宇宙乃是心灵。王阳明说：“吾心即宇宙，宇宙即吾心”，乃是心灵的真理。灵魂与外宇宙一样，没有边界，没有终点。人类所知道的“外宇宙”，是距离地球十几亿光年的那个神秘点，但那些点并不是大宇宙的终点。外宇宙有多大，谁也说不清。而内宇宙有多大，也无人能说清。人的心理活动具有无边性、神秘性等特点。它随时都在变故，没有结局，没有结论。心灵性乃是人性的基本部分。说心灵没有边际，就是说，人性没有边际。文学的基点没有边际。因此，确认心灵没有终点，也就是确认文学没有终点。了解这一点，才能明白文学永无止境，也才能明白，文学不可追求结论，演绎结论。

无论哪个权威人物，哪个领袖人物，他们对世界对人生对心灵的看法，都不可能成为结论，即不可能成为文学的出发点与“终点”。

我们的课程“文学慧悟十八点”，今天就结束了。这十八点，连同前两年所讲的“文学常识二十二讲”一共是四十讲。这四十堂课，都是在讲述“什么是文学”，也就是我对文学的认知。那么，这种认知是不是已抵达“终点”呢？可以肯定，这四十课绝对不是终点。对于文学，我只能“认识再认识”，没有什么“正、反、合”，也没有什么“已确定”和“已完成”，我还会继续思索下去，继续讲述下去，只是不一定是课堂的形式。

附录一：答《明报》问

剑梅：《明报》的“星期四文学”统筹编辑袁兆昌先生安排记者想采访您。想让您谈近况，谈文学，谈近著。您先和我谈谈吧。

关于近况

刘再复：近况就是来到香港，来到科技大学人文学院与高等研究院，接着就得讲课，还得到校外的其他院校如浸会大学、公开大学、田家炳中学讲演。

剑梅：您前两次到科大（二〇一三、二〇一四年），开设的课程是“文学常识二十二讲”，除了《明报月刊》及时给予连载之外，香港三联出版社与北京的东方出版社都分别出版了书籍，看来此书很受欢迎。

再复：此书深入浅出地概说“文学”是怎么一回事，有益于青少年进入文学之门，比起内地出版的《文学概论》诸类，可能会好读一些。这回我不想重复自己，准备讲述《文学慧悟十八点》，想比前两年讲得更透彻，更“明心见性”一些。

剑梅：“十八点”包括哪些？

再复：包括文学的起点、文学的特点、文学的难点、文学的优点、文学的弱点、文学的基点、文学的盲点以及文学的制高点、突破点、关键点、回归点、转折点、审视点等等。

剑梅：这些题目都挺有意思。有些同学对文学似懂非懂，您这么一讲就明白些。

再复：例如“文学的起点”，我在《文学常识二十二讲》里就有《文学的初衷》一章，讲述文学的起源与文学的发生，这回讲“起点”，更直接地说明写作如何“开端”，虽然只讲一个“感”字（文学的起点是“有感而发”），但我又讲述了快感与美感、高级感觉与低级感觉、明晰感觉与朦胧感觉的区别，还在课堂里阅读和解说林黛玉的《葬花吟》和张洁的《拾麦穗》，让学生懂得高级感觉（如空寂感、空漠感）和朦胧感（天真的惆怅、天真的依恋等）是怎么一回事。

剑梅：我的几个研究生也去听了，他们都觉得很荣幸。

再复：要是专门给研究生开课，我就会讲得更“深奥”一些。

剑梅：您说文学有什么特点？

再复：讲述“文学的特点”，要有参照系。在人文科学参照系下，文学只代表“广度”，历史才代表“深度”，哲学则代表“高度”。这是一般而言，其实伟大的文学家也有思想深度。有些“史诗”或“诗史”比史学家编著的历史还深刻。这“三度”的不同，还可作另一种表述，我认为哲学主要是呈现“智量”，所以许多人称哲学为智慧学；而历史则呈现“识量”，史料、史实、史德等，关键还在史识。史识包括时识、事识、人识、器识、诗识、神识等。而文学则呈现“心量”，心量主要是指情感量。心灵是种“情理结构”，有情有思，心量也可视为情思量、良知量、慈悲量等。如果以政治学、经济学、法律学、社会学为参照系，那文学的特点就是它不设政治法庭、道德法庭，只设审美法庭。这一点至关重要。明白这一点才能进入文学之门。我国前期当代文学就从这里“落井”。什么作品都开设“敌我法庭”、“大是大非法庭”、“两条道路、两条路线法庭”，结果远离了人性的真实和人类生存处境的真实，因此也无文学价值可言。我还讲述宗教参照系下的文学特点、艺术参照系下的文学特点，内容很多，就怕学生接受不了。

剑梅：您尽管讲吧，将来出书，让更多人受益。这个月 28 日，我和许子东教授请来许多著名文学评论家和当代文学史家，如陈平原、夏晓虹、李欧梵、黄子平、郜元宝、陈晓明、王尧、程光炜、杨扬、贺桂梅、黄心村等开文学研讨会。我这边的讨论题目是“文学风华”，也想让您讲讲。

再复：这个题目很宽泛，你一说我就萌生几个念头。（一）你请来的这些评论家都较年轻，比我小二十、三十岁，他们倒是“风华正茂”，让他们多讲讲吧，我已风华迟暮，多倾听吧。（二）是我立即想到我生存的国内的年代，看到太多文学风华中惨遭摧残的现象，有的是被政治权力禁锢、有的是被文学史活埋，如张爱玲、沈从文；有的被现实政治扼杀，如胡风、老舍、傅雷、陈翔鹤等；有的被官方批评冷漠，如阎连科等；更多人则是被政治氛围所压抑，心态未能充分自由。因此，我更关注的是“保护文学风华”这个题目。（三）多年来，我一直念念不忘五四后的一代文学批评风华胡风的遭遇。特别希望为他多说几句话。我要坦率地说，五四之后，真正守持五四启蒙精神和五四写实主义传统，真正守持作家应当担负启蒙大众的使命，真正进入文学批评的，实际上唯有胡风和他的一些朋友。二十世纪下半叶，胡风被打成反革命集团，结果，强大的政治逻辑就扼杀了胡风文学批评的风采。到了八十年代，我提“文学主体论”，也被视为胡风文学理念的变种。尽管我与胡风的理念有些差异（如他强调“拥抱”，而我则强调“超越”），但却同情和理解他的文学思想，并了解他之所以会遭到巨大的打击，便是他坚守五四启蒙精神而全然不理会革命领袖已提出作家“应受工农大众的启蒙、改造、教育”的相反命题。实际上，革命领袖着眼的是政治，而胡风着眼的是文学，胡风是现代写实文学的真正守望者、鲁迅精神的真正继承者。胡风是被政治吞没的典型例证。八十年代只是给予了他政治平反，并未充分肯定他的文学功勋，尤其是他的文学批评的风华。

剑梅：八十年代，您主持《文学评论》时，曾多次为胡风仗义执言，但也侧重于政治层面，您还来不及阐释他的“批评风华”。

再复：是的。胡风要求作家发挥“主观战斗精神”，要“用主观去拥抱客观”，要坚持启蒙大众，用文学去抹掉大众的“精神奴役创伤”，都是理论风华。他对张天翼的评论，对林语堂的评论，对老舍的评论，也都是文学风华。可惜全被政治埋葬了。

剑梅：您能把这个意思写成论文吗？

再复：很想写，可惜年纪太大，力不从心了。从个人关系上，我与周扬十分靠近，但从文学理念上，我则认同胡风。

剑梅：我相信我们这一代人或比我更年轻的一代人，会重新发现胡风，发现胡风的理论价值与风采。前些时，我读了香港城市大学魏时煜教授的著作，她很了不起，她还和彭小莲一起创作了《红色风景》纪录片，留下许多胡风及其朋友的资料，很有历史价值。她们自己出资，完全是为“正义”而作。

再复：小魏很了不起。胡风是诗人、批评家、理论家，有丰富的“理论实绩”和“批评实绩”，他是中国现代文学的首席文学评论家，他的实绩是中国现代文学宝库的金子，我们要好好阅读，好好评价。

关于文学

剑梅：您从事文学研究几十年，最后，您觉得文学对于您最大的意义是什么？

再复：自救。

剑梅：您没有救世的意识吗？

再复：有，那是在青年的时候，八十年代时已淡化。

剑梅：出国后就只有自救意识了吗？

再复：是的，出国后主宰我的意识是“自救”，我一再剔除“救世”的妄念，“改造中国与改造世界”的妄念，也剔除了当“人民代言人”、“社会良心”的妄念，剔除之后便冷静得多、清醒得多。其实，八十年代我决定逃亡，也是为了“自救”。所以我说我的逃亡，并非“政治逃亡”，而是“美学逃亡”，即不是为了对抗而逃亡，而是为了赢得时间进行精神价值创造而逃亡。

剑梅：我也觉得您出国后冷静多了。我还想问，您从事文学研究数十年，觉得对于作家而言，最重要的是什么？

再复：我觉得最重要的是一定要进入“文学状态”，或者说，应当自觉地处于“文学状态”中。

剑梅：“文学状态”比“文学理念”和“文学技巧”

重要吗?

再复：我认为“文学状态”更重要。虽然，好作家也一定要有自己独到的文学理念与文学方式。

剑梅：什么是文学状态？您曾表述过，我也读过，但我此时此刻想再听听您的表述。

再复：所谓文学状态，就是非功利、非世俗状态。说得具体些，就是非功利、非功名、非集团、非主义、非市场的状态。

剑梅：就个人而言，又是孤独状态，这是您以前说过的。

再复：好作家注定是孤独的、寂寞的。李白说：“古来圣贤皆寂寞”，作家更是如此。所以文学状态也可以说是孤绝状态，混沌状态。所谓混沌，就是“不开窍”，对功利、功名、权力、财富等永远不开窍。作家最聪明也最傻，傻就傻在对荣华富贵永远不开窍。

剑梅：您去美国算是进入“文学状态”了。

再复：我在美国，自构了一座“象牙之塔”，沉浸于其中，可说是“沉浸状态”、“面壁状态”，这也不容易，一是要耐得住清贫，二是要耐得住寂寞。

剑梅：文学状态是处境状态，但更重要的恐怕是心灵状态。

再复：心灵状态决定一切。整个心灵投入文学，才算文学状态。

剑梅：您在《论文学主体性》中，一再强调作家要超越现实主体即世俗角色，写作时一定要进入艺术主体即本真角色。可是现在许多作家都热衷于世俗角色，这也影响文学状态吗？

再复：当然会影响。世俗角色可以带来世俗利益。作家一旦被世俗利益所牵制，自然就影响本真状态。这也是鱼与熊掌，难以兼得。作家为了谋生，不得不充当某种世俗角色，这是可以理解的。但创作时一定要"跳"出来，从世俗框架中跳出来。跳出来，就是超越性，就是主体性。

剑梅：您如何估量中国当代作家的"文学状态"？

再复：中国当代作家有"状态"意识的人恐怕不多。如果以前期当代文学为参照系，应当说，当下中国优秀作家的文学状态好一些，即比五十至七十年代的作家好一些。那时的作家几乎没有文学状态，只有政治状态。现在好多了，但是，如果以西方的马尔克斯为参照系，我们就会发现，我国当代作家的心灵自由状态比他差多了。我最近读了他的《苦妓回忆录》《霍乱时期的爱情》，很受启发，觉得他的写作心态才是真正的自由状态，才是真正的文学状态。

在他心中，没有任何一点精神奴役的创伤，没有任何一点政治与道德的假面具和阴影。

关于近著

剑梅：《明报》还希望您谈谈近著。我记得，今年您还有两三本新书要出版，对吗？

再复：一本是广东人民出版社的《科罗拉多答客问》，这是近年来的访谈录；还有一本是《两度人生》，收入柳鸣九先生主编的《当代思想者自叙丛书》。此书主要有两部分组成，一是我自己写的《我的写作史》，二是吴小攀对我的长篇采访录，我称此为“马拉松采访”，从2001年开始至今。他的采访录早已编辑成《走向人生深处》一书出版，现又编出另一书。真是勤奋！

剑梅：我在《华文文学》杂志上已读到《我的写作史》，此刊一期推出《写作史》的全文八万字，真不简单。这是您的自传。《我的写作史》之后，还有别的史吧。

再复：至少还有《我的心灵史》《我的思想史》《我的生平史》。我想明年可以完成《我的心灵史》。我觉得自己的文学心灵是在高中阶段完成的，也就是十八岁的时候就完成了。十八岁之前我读完了大部分中西方名著，心灵中积淀下普希金、泰戈尔、高尔基、莱蒙托夫、托尔斯泰、雨果、歌德、鲁迅、陀思妥耶夫斯基等伟大作家的作品。这是人性的积淀，根深蒂固。这种积淀使我克服了时代的病毒，克服了政治的疯狂，度过了黑暗的“文化大革命”岁月。是文学拯救了我，使我没有堕落，没有变成豺狼虎豹。到了大学期间，更多地积累了一些知识，还遇到彭柏山、郑朝宗等好老师，有些提升。但大环境太政治化，我的心灵也开始分裂，不过，那是小分裂。到了北京，更政治化，进入中分裂；“文化大革命”一来，则是心灵大分裂——政治路线与文学路线，人性走向与反人性走向，剧烈冲突。后来整个心灵破碎了，又是文学，帮助我心灵恢复了完整。我们这一代人的故事很特别，我个人的故事也很特别，如实地写一写，很有趣。

剑梅：您很忙，想写的东西很多。我希望，无论如何，《自传》一定要写出来。

再复：我也这么想。不过，我明年还想把《西游记的领悟》一书完成。四大名著，就《西游记》我还没有出书。我总想把四大名著的精神分野讲清楚，至今没有完成。

附录二：刘再复与文学所

刘再复、东伍

一、初入文学所

东伍：刘再复先生，您好！首先祝您新年快乐，给您拜个晚年！您曾经担任中国社会科学院文学研究所的所长，是八十年代文学的领军人物之一，对当时文学的发展有过很大的影响和贡献。如果我没记错的话，您当时也就四十出头的年纪，算是中青年学者和批评家。今天，想就您与文学所这个题目做一个采访。

首先请您谈谈从厦门大学中文系毕业后，最初分配到文学所工作的一些具体的情形。

刘再复：一九六三年我在厦门大学中文系毕业。毕业前夕，北京的一些中央机构，特别是中央学术机构就到学校选拔他们需要的学生。当时中国科学院哲学社会科学部也派两位干部到厦门大学挑选。我是被挑选上的三个学生之一。因此，最后学校宣布分配方案时，我是分配到“中国科学院哲学社会科学部《新建设》编辑部”，并非“文学研究所”。到文学所是“文化大革命”结束后的第二年，即一九七七年。

《新建设》杂志是社会科学与人文科学的综合性学术杂志。五十年代初期，这种性质的刊物只有两个，除了《新建设》之外，还有一个是《文史哲》。后来才出现更专业的学术性刊物《哲学研究》《历史研究》《文学评论》等。《文学评论》的前身原为《文学研究》，创刊于一九五七年。一九五九年改名为《文学评论》。《新建设》由中宣部直接管辖。主编张友渔，是著名法学家，兼任北京市副市长。执行主编吉伟青，乃是中宣部的干部。《新建设》可以视为《中国社会科学》的前身。其编委都是文、史、哲及经济各界的权威。编辑部分文学组、哲学组、史学组、经济组。我分配在文学组，从一九六三年八月到十月，大约得到一百天的编辑训练。十一月初就和哲学社会科学部各个研究所的应届毕业生（来自全国各地）到山东黄县北马公社劳动锻炼（国务院规定应届毕业生必须下乡劳动一年）。一九六四年秋回到北京，我又在编辑部工作了半年。然后又到江西丰城县参加“四清”社会主义教育运动。一九六六年五月，“四清”尚未完全结束，又被调回北京哲学社会科学部参加“文化大革命”，这场革命一“闹”就是十年，直到一九七六年才结束。我也因此赢得到文学所从事研究的机会，那时，我已三十六岁。

东伍：六十年代的文学所可谓人才济济，集中了国内一批第一流的文学研究专家，例如俞平伯、余冠英、何其芳、蔡仪、钱锺书和唐弢等老一辈著名学者。有人曾回忆何其芳是一个书生气很重的领导，当时的文学所虽然经历政治运动的冲击，但所里面的研究空气仍然很浓。您能否谈谈最初见到何其芳先生的印象？以及对文学所当时的学术氛围的看法？

刘再复：文学所确实人才济济。仅一流的人才（社会上称他们为“文学所的金牌子”），就有钱锺书、俞平伯、孙楷第、余冠英、吴世昌、何其芳、蔡仪、唐弢等。我到文学所时，除了这些著名学者之外，还有沙汀、陈荒煤等著名作家。那时沙汀任所长，陈荒煤担任副所长，日常工作均由陈荒煤主持。他原是文化部副部长，工作能力极强，人又极和善、慈悲。那时文学所的脊梁式人物还有毛星、朱寨、许觉民、唐棣华（总政政治部主任黄克诚将军的夫人）等。钱锺书先生等老一辈著名学者，他们每一个人的名字对我都是一种感召。我在文学所里，时时刻刻感到一种文学的呼唤。但因不坐班（地方太小，根本没有上班的条件），彼此交流很少。我也感觉不到所里的研究空气是浓还是稀。

东伍：听说因为何其芳先生的关系，当时文学所资料处收集的中国现代文学期刊非常丰富，图书资料也不错。这些图书资料对您以后的研究和批评有什么帮助？

刘再复：我到文学所时，何其芳已去世。但他的口碑一直很好。文学所的首任所长郑振铎，我没见过。文学所原是附丽于北京大学的一个单位，格局很小。到了何其芳担任所长时才渐成规模。对文学所的建设（包括图书资料建设）起决定性作用的是何其芳。他被多数文学所研究人员爱戴。为人耿介，正直，诗人气质很浓烈。“文化大革命”中文学所的两派分野，大体上是“拥何”与“反何”的分野。我在“文化大革命”的第二天，被《新建设》派往文学所参加批斗何其芳的大会，并准备了一份“何其芳人性论批判”的稿子（完全是违心之论）。对于此事，我一直铭记在心。

一九七四年，我借约稿之机（办《思想战线》）当面向他道歉，但他说“早已忘了”。还说了一些宽慰和勉励我的话，极为可亲。一九八四年冬季，我被选为文学所所长，组织领导班子时，特别找到“文革”中的何其芳“铁杆保皇派”何西来担任副所长兼任研究生院中文系主任及《文学评论》副主编。在他的合作下，我们特别策划了全所纪念何其芳的大会。我主持了大会并做了会议导言。在发言中我说，何其芳在一九五六年就提出时代性问题：为什么我思想进步了而艺术却退步了？仅从这个问题，我们就可知道何其芳何等坦率、耿直，襟怀何等坦白！何西来曾与我讨论过“何其芳问题”，我说：思想一进步，概念就多。一多就形成“概念障”，堵塞艺术的感性空间，于是艺术就退步了。何西来说，如果何其芳在世，他会很喜欢你的。

东伍：您最初入职文学所，是在文艺理论室还是现代文学室？能否谈谈您的那些年轻的同事们？您今天怎么评价文学研究所？

刘再复：我最初进入文学所时，并不是到“文艺理论室”，也不是“现代文学室”，而是“鲁迅研究室”。当时的室主任是王士菁、副主任濮良沛（林非）、曾普。后来因为我已出版了《鲁迅美学思想论稿》和《鲁迅传》

（与林非合著），并为周扬起草了一些文章与报告，因此在一九八一年也充当了一个副主任。为了建设好研究室，我和林非到河北廊坊把张梦阳（那时他是中学教员）调入研究室，他就编辑出版了大型的《鲁迅研究资料汇编》（大约一千万字）。研究室经周扬批准还办了个刊物《鲁迅研究》。当时的鲁迅研究室的状态基本上是中庸状态，除了张梦阳特别勤奋让我留下印象之外，王士菁先生的特别“温顺”也留给我难忘的印象。每次上班，他都要重复那一句话：“我们要学到老，也要改造到老。”刚到文学所的头几年，我感到思想最活泼、最开放的是陈荒煤，而整个文学所，我则感到缺少思想活力。因为这种感觉很强烈，所以不得不找陈荒煤倾吐。他说：“‘文化大革命’刚结束不久，大家还是心有余悸，过些时候也许就会好一些。”他还说，文学所首先要解决“懒散”问题，我和沙汀同志商量，准备规定每个研究人员一年至少要写出三万字的论文或书籍；第二才是解决“僵化”问题，我们不能总是充当契诃夫小说里的“套中人”。他最后这个“意象”，给我留下极深的印象，所以我在海外写作《人论二十五种》时，特别写了“套中人”。

二、从鲁迅研究到《论文学的主体性》和《性格组合论》

东伍：在上世纪七八十年代，您最初是鲁迅研究专家，后来因参加新时期文学运动，转入文学批评和文学理论研究，写出了影响一代人的《论文学的主体性》和《性格组合论》等重要论文和著作。从鲁迅研究到《论文学的主体性》和《性格组合论》，既是您对八十年代席卷中国上下的思想解放运动最有力的呼应，也勾勒出了您思想和学术发展的主要脉络，即“人的文学”的建立。它是您思想学术生涯的一个贯穿性的东西。

事隔三十多年，无论从思想史还是当代文学史的角度，读者和研究者都希望了解这其中的具体情形，了解大概的史实，我认为能把这些东西留下来，对后来的研究也会有很大的帮助。您能否详细地谈谈这方面的情况？比如起因、思想源头和发展过程，以及相关的人与事等等？

刘再复：“文化大革命”的后期，哲学社会科学部所有的人员从河南“五七”干校搬回北京。那段时间（一九七二——一九七六）我们确实无事可做，惶惶不可终日，所以我就和科学史研究所的朋友金秋鹏共同研究《鲁迅与自然科学》的课题。把鲁迅的《说钼》《科学史教篇》等文言文论著，一句一句地译成白话文，很认真。但在时代的阴影下，我们只能幼稚地“我注鲁迅”，发挥“鲁迅”那些符合“政治正确”的一切，因此，所谓研究鲁迅乃是一种幼稚的学术开端。“四人帮”垮台之后，我独自研究“鲁迅美学思想”，借鲁迅改革“政治第一”的文学批评标准，但那也是“鲁迅注我”，仍然是“幼稚”的办法。不过，“四人帮”的垮台，“文化大革命”的结束，从根本上刺激了我。发生的虽是国家大事，但也给我的个体生命带来根本转机。那时，我非常热烈、非常真诚地为国家的变动高兴。并产生了一种强烈的“参与”意识（参与社会与参与时代），尤其是三中全会之后，我更是兴奋不已，跃跃欲试，想从文学层面参与国家的改革大业。于是，到了一九八三年，我已觉得“鲁迅注我”的局限。整天想着突破自己和突破当时的思想牢笼。那时我觉得最大的思想牢笼是“苏式教条”，即从苏联日丹诺夫等处照搬过来的“阶级论”、“反映论”、“典型论”、“社会主义现实主义”（革命现实主义和革命浪漫主义的结合）等教条。我觉得在“文化大革命”中所流行的“高大全”理念也是“苏式教条”的浪漫化与极端化。那时批判的“黑八论”（“写真实论”、

“反题材决定论”、“中间人物论”、“时代精神汇合论”等），我觉得原有的各论都是正确的，被“四人帮”搅乱了，必须给予“拨乱反正”。“拨乱反正”本是政治性口号，但我当时分不清政治与文学的界限，只觉得自己负有“拨乱反正”的使命。于是，思考重心就转向文学理论。一九八三年前后，我每一个白天和每一个夜晚，都在想：压在中国当代文学头上的三座大山是什么？我觉得理论大山有三座：一是“阶级论”；二是“反映论”；三是变质的“典型论”。所谓“社会主义现实主义”，也是立足于这“三论”之上。我当时已很明确，文学的基石（基点）应是“人性论”，而不是“阶级论”。阶级性是人性的一部分，但不是人性的全部。人性范畴大于阶级性范畴。文学离不开现实生活，反映生活本来也无可厚非，但变质的“反映论”，已不是通常所说的“现实主义”，它在前边还加了一些特定的前提，这样的“反映”就不可能反映现实生活的“真实”和人性的真实了。至于“典型论”，本来想要塑造典型人物，也无可厚非。但当时流行的典型论已经变形变质变态。一是变成塑造“典型环境中的典型性格”；二是变成塑造“完美无缺的英雄性格”。典型环境被规定为两个阶级、两条道路的斗争环境，典型性格被规定为“高大全”的伪浪漫性格。这样，不仅环境虚假，人物也虚假，所有的英雄都戴假面具。我从中学开始，就大量阅读文学作品，深知这三论离文学的本性很远，并已造成中国文学的荒疏，所以当务之急是指出文学理念上的根本错误，推倒“阶级论”、“反映论”、“典型论”三座大山。我觉得，理论变革比鲁迅研究更为重要。

怎么推倒？我觉得从正面直接宣布“三论”的错误，很难被接受。那么，是否可以正面直接地倡导“人性论”呢？这也行不通。苦思冥想之后，我放弃了直接阐释“人性真实论”的打算，决定继续采取“我注鲁迅”的策略，把鲁迅的“性格真实论”好好发挥一下，但实际上已不是注释鲁迅而是超越鲁迅建构自己的理念。鲁迅在评论《红楼梦》时说，《红楼梦》“打破了中国小说的格局”，“不把好人写得绝对好，不把坏人写得绝对坏”。也就是说，《红楼梦》的成功乃是“性格真实”的成功。我抓住鲁迅的思想，觉得用“性格真实”比用“人性真实”更容易被读者接受。所以就以“性格真实”为切入口，以此打破僵化的“阶级论”而复活“人性论”。我知道打破“阶级论”是个“关键”。它一旦和“反映论”与“典型论”相结合，就变成文学的“党性”原则和社会主义政治原则。于是，我又想到，除了必须超越文学的“阶级性”之外，还要超越文学的党性原则。然而，要否认文学的党性原则肯定会造成政治问题。所以我就用“文学的超越性”即“文学的主体性”来解开这条绳索。所谓文学主体性就是把作家分解为现实主体（世俗角色）与艺术角色（即精神主体，本真角色），肯定革命者在现实生活层面守持革命性、纪律性的合理性，但主张无论何种政治人员进入文学创作时都应该超越现实主体的身份而用艺术主体的身份，即应当守持文学艺术的个性，人性，精神能动性（即原创性）等等。于是，我在写作《性格组合论》之后又写了《论文学的主体性》。没想到，《论文学的主体性》尽管采取了妥协性的论述策略，还是无法让激进论者们谅解，从而引发了一场全国性的论争。

东伍：您写《论文学的主体性》的起因是什么？是在北京劲松的寓所写这篇长文的吗？发表之前是否征求过什么人的意见？发表之后，又有哪些读者反应？

刘再复：是在北京劲松那狭小的寓所里写的。写作过程中我还捕捉过三只老鼠。写作《论文学的主体性》，还有一个直接的起因，是我那时已当了文学研究所所长，很想在文学理念上能够“敢为天下先”，带头突破一下尚未完全解放的理论格局。

我在发表《论文学的主体性》之前，只有两个人知道我在写作这个题目，一个是好友程广林；一个是秘书（也是好友）丘建。广林告诉我，李泽厚发表了论述康德的主体性哲学的论文，并为我找到此文让我参考。

我也在这个时候熟读了尚钺翻译的康德的《形而上学探本》。丘建极为聪明，他的父亲原是副部长，我和他讨论过一些理论细节。

我有心理准备，《论文学主体性》发表后肯定会引起争议，但没想到，反响这么大。我在《我的写作史》里已记叙了反应的情况，此处不想重复。您如果有兴趣可找来看看。社会上只知道陈涌在《红旗》上发表文章，说此文“关系到社会主义在中国的命运”，也知道姚雪垠写了长文批评我，但恐怕不知道丁玲、胡绳也不赞成我的理念。我和胡绳曾有过一场辩论。你有兴趣可看一看我缅怀胡绳的文章：《爱怨交织的往事》。

我这里想补充的是：我的《论文学主体性》按原计划，还要书写《论文学主体间性》及“文学的内在主体间性”，但都没完成，很遗憾。

东伍：您是怎么想到要写《性格组合论》这部著名的

学术著作的？这是否与您那时期思想的变化和对历史的反思有关系？能否具体谈谈这方面的情况？

刘再复：关于《性格组合论》写作的动因，刚才已讲过了。此时我想补充说明一下文学原因。从自己的文学积累出发，我始终认为，这个世界太丰富复杂，人性也太丰富复杂。文学最怕的是把世界和把人性简单化了。或者说，最怕的是把变幻无穷的外部世界与人性世界看“死”了。面对世界和面对人性，我们能做的只能是尽可能去“贴近真实”，不可能“穷尽真理”。人太复杂了，各种可能性都存在着。此一时，这个人是个超人、圣人、至人。彼一时也，这个人可能是庸人、蠢人、妄人。人是会变的，而且往往变得面目全非。了解人性的极其复杂性，乃是当好作家的前提。把人“本质化”、“阶级化”，就是把人简单化。给人贴上一个“阶级”标签就万事大吉，这怎么可能产生高水平的文学呢？所以我写《性格组合论》，归根结底，也是为了我国文学能走出狭窄的框架而面对深广的人的内心世界。我对鲁迅格外敬爱，至今还认为他是中国现代文学史上最伟大的作家与思想家。但他的“文学阶级论”有很大偏颇。他也把“人性”简单化了。说“林妹妹不会爱焦大”，不一定，“卖油郎独占花魁”，那个“花魁”

类似林妹妹，那个“卖油郎”则类似“焦大”，他们就相爱了。还有劳伦斯的《查泰莱夫人的情人》，小说中的夫人也是林妹妹，她在丈夫缺少“性情”时就爱上她家的类似焦大的仆人了。

东伍：事情过去了三十多年，我们当时只看到它们产生的积极历史影响，并不了解其中是否还有什么风波？尤其不知道有无反对的意见，比如具体的人和杂志方面的反对意见。如果从八十年代文学史料文献的搜集积累的角度看，这些材料同样也是有历史价值的，至少能让人看到当时历史的全貌，而不只是后来文学史教材从自己角度来描述的那部《中国当代文学史》。如果仅仅是肯定的意见，那么文学史也将是不全面，至少也是不深刻的。不知您是否同意这种看法？

刘再复：事情过去了三十多年。我并不为八十年代的作为而后悔。至今觉得“苏式教条”乃是文学的巨大锁链。“苏式教条”反对俄罗斯的伟大文学传统，反对托尔斯泰、陀思妥耶夫斯基的伟大文学精神。苏式教条中国化之后变得更加狭窄，它几乎要把中国文学置于死地。我当时把“苏式教条”当成大风车，把自己当作堂吉诃德，自觉地、认真地准备与之撞击、搏斗一番。这场搏斗，不管是成是败，是悲剧还是喜剧。让别人去评价吧。而我自己觉得，我已给历史留下自己真实的理念，对文学负责对祖国也负责的文学理念。这几年，我在香港科技大学人文学院开设了“文学常识二十二讲”和“文学慧悟十八点”，又重说八十年代未能充分讲述的一些文学观。我相信，我表述的这些理念虽未能穷尽文学真理，但比较贴近文学的本性。

八十年代，不管我说什么写什么，都是在为文学争取独立权，也可以说是在呼唤作家灵魂的主权。因此，无论是《性格组合论》还是《论文学主体性》都可以视为那个时代的文学“独立宣言”。所谓独立，就是从政治里独立出来，从集团与市场里独立出来。我们的“中国当代文学史”，始终不独立，始终只是中国当代政治的注脚与延伸。我在八十年代所提出的各种理念，如果应用于中国当代文学史写作，那将是另一种历史风貌。可惜我已“力不从心”，否则我会书写一部完全扬弃政治标尺的文学史。

无论是《性格组合论》还是《论文学主体性》，发表后都引起反弹，这不奇怪。今天，我对批评我的人绝对不心存“芥蒂”，包括对我“政治上纲”的批评者，我从未有过一句微词。二十七八年来未曾有过。只是今天你采访我，而且如果允许我就事论事，那我要说，要是陈涌、姚雪垠先生也能正视五十至七十年代的“苏式教条”，那该多好呵。

三、“新时期文学十年研讨会”的组织和发起

东伍：在整个八十年代，因为您和当时文学所一批著名学者及文学批评家的缘故，文学所一时成为全国学界的领头羊，对引领全国的学术和文学批评的迅猛发展发挥了很大的作用。而我印象中，您与文学所的历史关系，除发表《论文学的主体性》、《性格组合论》等著述，主编《文学评论》（拟将此做另一个访谈题目）等等之外，您对新时期文学发展另一个重要贡献，就是一九八六年秋在北京组织发起了一个影响很大的“新时期文学十年研讨会”。您能否谈谈当时的情形？

刘再复：“新时期文学十年”研究会确实是个盛会。此会破了几项全国纪录：一、破了文学艺术学术研讨会的规模，到会人数达三百人。原计划一百人左右，可是实际到会者三百人。二、破了新闻记者参加学术研讨会的纪录，到会的文学期刊代表二十多人，到会的记者达九十八人。会前开了记者招待会，所以我记住这些数据。三、破了老中青三代的知名作家学者与会人数的纪录。据原《文学评论》

编辑部副主任，会议组织者之一陈骏涛先生回忆与记载，当时参加会议的知名作家、评论家、学者有：

钱锺书、张光年、陈荒煤、冯牧、王蒙、唐达成、李泽厚、许觉民、朱寨、刘再复、何西来、刘心武、白烨、张炯、谢冕、阎纲、徐俊西、范伯群、刘思谦、鲁枢元、晓雪、宋遂良、刘登翰、滕云、盛英、黄泽新、陈丹晨、刘锡诚、吴泰昌、潘凯雄、李子云、周介人、吴亮、王纪人、李陀、吴方、何志云、於可训、王又平、杨义、曾镇南、杨匡汉、张韧、程广林、沈敏特、王愚、余斌、陈孝英、陈思和、王晓明、宋耀良、许子东、李劼、邹平、周政保、朱向前，盛子潮、王锦园、罗强烈、吴彬等。钱锺书先生因为很少参加开会，所以记者都不认识他，把张光年误当作钱先生，为此，我还特地去给那位记者介绍钱先生。至今，我还保留了一张我和钱先生、张光年三人在会议期间的合照。还有，我的主题报告《论新时期文学的主潮》，居然在会议的第二天由《人民日报》和《文汇报》同时刊登。南、北两大报均用一整版的篇幅刊登我的报告，这确实前所未有。当时我被报刊这种热烈支持的态度深深感动。

东伍：这次研讨会，对总结新时期文学十年的发展，更新当代文学的观念有积极意义。今天看来，这个“新时期文学十年”，颇有点中国现代文学第一个“十年”的味道，是一个历史的枢纽点，对当代文学后四十年的发展潮流，是一块非常重要的奠基石和里程碑。

您是怎么想到要开这次研讨会的？文学所有哪些人参加了会议的策划、组织和准备的？当时有无开会经费的问题？在社会上遇到什么阻力了吗？

刘再复：所以想开这个会，一是担任文学所所长之初，所里的资深学者樊骏先生就向我建议，要召开有影响的全国性学术研讨会，以提高文学所的声誉。于是，我就和三位副所长即马良春、何西来、冯志正商量开会事，并且决定在一九八六年召开三个全国性大会，一是纪念俞平伯先生从事文学活动65周年的大会，借此给俞平伯先生平反；二是召开纪念鲁迅逝世50周年大会，借此维护鲁迅的文学权威并纠正神化鲁迅的偏颇；三是召开“新时期文学十年”研讨会，借此肯定“文革”后的文学方向并给新时期文学“推波助澜”。“新时期文学十年”这个会议的题目，是何文轩（何西来）出的，我一听就全力支持，《文学评论》编辑部也全力支持。因此，这个学术会的组织主体乃是《文学评论》（即王信、陈骏涛、贺兴安、杨世伟、王行之、李兆忠、李以建、孟悦等），而不是“当代文学研究室”。我作为大会的主持人（包括筹备组负责人），主要也是仰仗何西来、陈骏涛等朋友。我动员了全所资源，把筹备组划分为行政组、联络组、宣传组、简报组等，会议的经费由行政副所长冯志正去解决，其困难自然不少，但我无暇顾及。今天我只记得简报组是我很信赖的李以建、孟悦、李航负责。我知道的情况都是他（她）们告诉我的。筹备期间，我没感受到什么阻力，院、所的所有领导人与骨干都很支持。只是临近开会，我与何西来、冯志正、陈骏涛去拜访张光年时，他给我透露，说我的“反对派”也在筹备同样主题的大会，也在同一时刻召开，让我做好思想准备。因为有此提醒，我心中多了一道防线，所以郭开在会上说：我们的会是延安文艺座谈会之后的第二个文学里程碑，我立即厉声厉色地加以驳斥。这种表态，当然是为了政治安全。

东伍：对这次研讨会的正面意义，很多文学史都有积极评价。但是，我们也不知道当时有无反对的声音？至少是不同的意见？您能否稍微谈一谈？

刘再复：我在开幕式作了主题报告之后，有人对我报告中所讲的“人道主义”思潮提出强烈批评，认为这是过时的老调。但也有人给予驳斥，说在“文革”不讲“人道”的时候，新时期文学突出“人道”情怀是应当肯定的。“人道主义”思想本身并不深刻，但研究人道主义在中国为什么难以扎根，却是一个深刻的题目。

我自己到了海外之后一再说，“人道主义”如果不落实到“个人”、“个体”身上，就会变成浮泛的空话，并不笼统地讲述人道主义。

东伍：三十多年以后，您再回头看这次研讨会，有没有留下什么遗憾？或者认为它还有什么不足的地方？

刘再复：最大的遗憾是会议时间太短，未能在学术上深入一些探讨以下几个问题：第一，和中国当代文学的前期相比，新时期文学最根本的进步是什么？我出国之初就说，新时期的诗歌抒写的是“个体经验语言”，与前三十年的“集体经验语言”完全不同。从集体的声音转变为个人的声音，这一根本特点研讨会似乎没有抓住。第二，新时期文学的主流是伤痕文学，那么，伤痕文学的主要价值是什么？主要弱点是什么？似乎也讲得不够充分。与会者都肯定伤痕文学的政治价值（即拨乱反正的价值），但就文学价值而言，它显然带有很大的局限，例如思维方式的二极对峙，人性开掘缺乏深度等等，这方面并没有细致分析的论文。第三，我提出的新时期文学“审判有余，忏悔不足”的弱点，也没有得到应有的回应。后来我与林岗合著的《罪与文学》就此深入探究，就触及文学的良知责任与灵魂深度问题，显然比“新时期文学十年”讨论会往前走了一大步。

东伍：感谢您能在百忙之中接受我的访谈。谢谢您！

美国　科罗拉多

二〇一七年五月二日

整理者后记

世人务实，而从事文学、艺术事业偏偏须要“务虚”。在现今这媚俗时代里——请容我这样直说——想要保有赤子之心,忠于对文学的拳拳之爱,实在是“向俗易行向道艰”。所以,如尼采所说“克服时代”,践行之路多阻且漫长。不过,幸运的是，每个时代都有痴心而明哲之人，虽数量寥寥，却担负起为人间筑造精神“理想国”的责任。在这个意义层面上，再复先生便是此种“清醒的痴人”，他的文学课，正是烛照心灵、启悟学子们克服时代走出幽暗的一道光束。

这份课堂讲稿的缘起，可追溯到去年九月。彼时，再复先生再次回到香港科大人文学院开课讲学，以“文学慧悟十八点”为题，接续两年多以前“文学常识二十二讲”：如此四十次讲述，是为了对“文学是什么”这一朴素又深奥的命题，给出先生自己的领悟与答复。整个一学期，每周二的清晨，先生早早来到教室，脱下外套，笑盈盈地落座，然后便对着来自科技大学各个文、理、工等专业的几十个大学生，以及若干远道而来、诚心热衷文学的旁听者，徐徐讲起他的文学慧悟——虽说是课程，讲者却绝无“教师腔”，先生说他愿作《红楼梦》里的“神瑛侍者”，期待年轻的学子，因他的讲解而多一份对文学的体悟与珍重，甚至有朝一日能成为笔下生花的小菩萨。而我，因与先生的长女刘剑梅师的一段师生缘，何其有幸从两年前课堂上的旁听一员，又被“任命”为先生的助教与讲课的记录者，见证全程并为之感慨：这一场绵延三载的“文学跋涉”，真是如“黄金时代”般值得永久珍惜和回忆的时光。那些课上的瞬间，先生缓缓地说，在座众人凝神地听，这真是忙碌人生里，最奢侈的幸福——先生首节课便曾慨乎言之：“我的人生之所以感到幸福，是因为文学一直陪伴着。”

既是“文学慧悟”，自然与学术研究有所不同，先生的讲解有理有情、心思清明如水，言语的简洁、观点的鲜明源自内心的澄明、真诚、笃定：因心内存满对古往今来文学作品的感悟、见解、爱，所以讲起来斩钉截铁、明心见性；而择取文学十数个重要的“点”，再以“点”带出文学问题与作品赏鉴，先生不仅“点拨”“点透”文学的纲领性要素，也透露了他的一部个人文学史和美学史——在这完整的十八讲书页间，充满他的见识、性情，读者可以读到作者这个人。

《红楼梦》《西游记》两部中国古典名著，几乎是先生的文学“圣经”，但《水浒传》《三国演义》则被他视为“精神内涵”上的失败之作。屈原、李白、苏轼、莎士比亚、雨果、巴尔扎克、陀思妥耶夫斯基、托尔斯泰、莫言等一长串闪耀于文学星空的名字，先生随时都会提及或征引其作品。他在意的不仅是文学里的丰富、真实和永恒的人性，更是作品背后是否辉映出一颗大慈悲的心灵，一个伟大的人格。我想，先生的意思或许是，学习写作，先要摆正态度，作者内在主体的境界，决定了作品精神的境界。

许多次课上，先生频频提及李卓吾的“焚书”与“藏书”精神，告诫每一颗年轻的心，文学乃是一生的事业，要赢得自由，必须超越任何功利之思。在清晨与黎明的纸页间，出版发表、市场销量、世俗声名、时代潮流的焦虑与惶惑皆远去，只留下写作者对文学的一片诚心、一片爱，那是何其的庄重与庄严……

蒙田有一句：

> 我时时刻刻把持住我的舵。

清醒，透彻。人生难得的是时刻把持住自己，独立于时代潮流之外，不随波逐流，不辜负文学艺术的教养。

三年过去，时间仿佛在狂奔，四十讲文学课结束了，一场盛事落幕。但文学的影响，生生不息。我相信，这一本至诚之作面世，将影响更多更多的人，激励他们守持人性的光辉，坚信唯有文学陪伴的人生最具鸢飞鱼跃般的活泼生机，并向往那个仿佛只有水波和飞鸟的自由、美丽的理想国。我也相信，各位正直的读者，一定能够借助讲者的智慧，让自己也成为不受时代潮流和风气蒙蔽的自由生命。

乔　敏

于香港清水湾

二〇一七年四月